螢火蟲

村上春樹

目錄

螢火蟲 7
燒倉房 57
跳舞的小矮人 95
盲柳與睡女 143
三則德意志幻想 203
後記 226

螢——螢火蟲

很久很久以前，不過說是這麼說，充其量也只是十四、五年前的事，我曾經寄宿在一處民營的學生宿舍。當時我十八歲，才剛進大學。我在東京幾乎是分不清東南西北，加上又從沒有獨自生活的經驗，父母不免擔心，便為我找了那宿舍。當然還有開銷的問題。住宿舍的開銷比一個人住便宜得多。可能的話，我自然想租間公寓房子一個人過得舒服些，但考慮到註冊費、學費，以及每個月給我的生活費，就無法任性要求了。

宿舍位於文京區一處視野極佳的高地。占地廣闊，四周圍著水泥高牆。進了大門，迎面聳立著一棵高大的櫸樹。樹齡達一百五十年，或許還更老。站在樹旁仰望，綠色的枝葉幾乎完全遮蔽了天空。

水泥鋪道繞過那巨大的櫸樹，然後又成為長直線穿過中庭。中庭兩側各有一棟三層的鋼筋混凝土建築相互平行而立，敞開的窗戶傳出電臺節目主持人的聲音。窗簾統一是奶油色——日曬褪色最不明顯的顏色。

鋪道的正面是兩層樓的本棟。一樓是餐廳和大浴室，二樓則是禮堂、會議室，甚至還有貴賓室。與本棟並排的是第三棟宿舍，同樣是三層建築。中庭寬闊，綠色的草坪中，灑水器在陽光下不停旋轉。本棟建築的後方是可供打棒球和踢足球的操場及六面網球場。設備完善。

這宿舍唯一的問題——不過算不算問題，要視觀點而定——在於，此處是由以極右翼人士為核心、來歷不明的財團法人所經營。只要看過宿舍的簡介小冊及管理規則大致就會明白。「厚植教育基礎，為國培育英才」是本宿舍的創立精神。許多認同此精神的財經界人士以個人名義解囊贊助……這是官方說法，但幕後有什麼名堂照例是曖昧難窺。真實情況如何誰也不知道。有人說是節稅的手段，有人說是藉創辦宿舍的名目，以形同詐欺的手法將土地弄到手，也有人指謫那純粹是沽名釣譽的行為。不過這些最後也是隨便聽聽而已。總之，我在一九六七年的春天住進了那宿舍，直到翌年秋天。而若是從日常生活的層面來看，不論右翼也好、左翼也好，偽善也罷、偽惡也罷，都沒有多大差別。

宿舍的一天隨著莊嚴的升旗典禮開始。當然也會播放國歌，升旗典禮與國歌是無法切割開來的。就像體育新聞和進行曲的關係一樣。升旗臺位於中庭的正中央，從每一棟宿舍的窗口都看得到。

負責升旗的是東棟——我住的那棟——的舍監。一個人高馬大，眼神銳利，五十歲左右的男人。髮質粗硬，夾雜若干白髮，黝黑的後頭部有一道長長的疤痕。聽說是陸軍中野學校出身的人物。他的旁邊站著一個擔任升旗助手的學生。沒有人知道這個學生的來歷。剃了個三分頭，總是穿著學生服。姓名不詳，也不知道住在哪一室。從來不曾在餐廳或大浴室打過照面。甚至不清楚到底是不是學生。但畢竟穿著學生服，應該是學生吧。只能這麼認為。與中野學校相反，矮個子、微胖而白皙。就是這二人組每天早上六點在宿舍中庭升起日章旗。

住進宿舍之初，我經常從窗子眺望那景象。清晨六點，兩人隨著正點報時出現在中庭。學生服捧著一個桐木扁盒。中野學校提著一部新力牌手提卡式錄放音機。中野學校將錄放音機放在升旗臺旁。學生服打開桐木盒，盒中裝有仔細摺疊的國旗。學生服將國旗遞給中野學校。中野學校將旗繫在旗繩上。學生服摁下錄放音機的播放鍵。

「君之代」

接著國旗冉冉上升。

播到「小石——」左右時，旗升到大約旗杆一半的高度，到「之祥——」時到達頂端。接著兩人挺直脊背，以立正姿勢抬頭向國旗行注目禮。若是天氣晴朗風夠大的話，那也是相當感人的一幕。

傍晚的儀式就流程來說大致和早上一樣，只不過順序和早上正好相反。將國旗緩緩降下，收進桐木盒中。國旗在夜裡不飄揚。

我實在想不通，為什麼夜裡要將國旗收起來。即便在夜間，國家也依然存在，依然有許多人在工作。這些人得不到國旗的庇護，似乎不太公平。不過這或許也不是什麼大不了的事。可能根本不會有人在意吧。說不定在意的就只有我。即便是我，也只是忽然想到而已，並沒有什麼特別的用意。

宿舍的房間分配，原則上是一、二年級生住雙人房，三、四年級生住單人房。

雙人房有六張榻榻米大，呈縱深的長方形，盡頭的牆上有大扇鋁窗。家具極度簡潔、結實。有桌椅各二、雙層床鋪、兩個置物櫃，以及固定的棚架。大部分房間的棚架上放的都是電晶體收音機、吹風機、電熱水瓶、即溶咖啡和砂糖、煮速食麵的鍋子，以及若干餐具。泥灰牆上貼著《花花公子》女郎的大海報。桌上的書架排放著教科書和幾本正流行的小說。

全是男生的房間多半髒得嚇人。垃圾桶底黏著發霉的橘子皮，充當菸灰缸的空罐裡積了深達十公分的菸屁股。杯子裡殘留著陳年咖啡垢。地上有隨手亂扔的速食麵包裝袋和空啤酒罐。風一吹，地上的灰塵便隨之飛揚。還有難聞的氣味。因為大家會把髒衣服塞在床底下。幾乎沒有人會定期曬被子，差不多每條被子都吸飽了汗水和體臭。

相較之下，我的房間就非常乾淨。地板纖塵不染，菸灰缸經常清洗。每星期曬一次被子，鉛筆都好好地收在筆筒裡。牆上貼的不是美女海報，而是阿姆斯特丹運河的照片。因為我的室友愛乾淨到幾近病態的程度，他負責所有的清潔工作。甚至還幫我洗衣服。我連一根手指都不必動。喝乾的啤酒空罐，我只要放在桌上，轉眼就會消失進了垃圾桶。

我的室友主修地理。

「我專攻的是地、地、地圖喔。」初見面時他這麼說。

「喜歡地圖嗎？」我問。

「嗯，打算以後進國土地理院、測繪地、地圖。」

人世間的願望還真是千奇百怪。我從來不曾想過，是什麼樣的人、基於什麼動機去測繪地圖。而且一個每次提到「地圖」這個字眼就會結巴的人想進國土地理院也相當奇妙。他說話有時結巴，有時不會，但只要提到「地圖」，就百分之百一定會結巴。

「你主修什麼？」他問道。

「戲劇。」我說。

「戲劇就是要演戲吧？」

「那不一樣，並不要演戲。只是研讀劇本而已。例如拉辛、尤涅斯科、莎士比亞等等。」

除了莎士比亞之外的人名都沒有聽過啊，他說。就連我也幾乎都沒聽過。只是課程大綱這麼寫而已。

「總之就是喜歡那些東西吧？」他說。

「也說不上喜歡。」我說。

他的腦袋錯亂了。一錯亂，結巴就更嚴重了。我覺得自己好像做了很不應該的事情。

「讀什麼都可以啊。」我解釋。「印度哲學也好、東洋史也好，並沒有什麼差別。只不過碰巧選了戲劇。如此而已。」

「真搞不懂你。以我、我、我來說，是因為喜歡地、地圖，才選了跟地、地圖有關的科系。也為了這個原因特地選了東京的大學，硬著頭皮跟父母討了所需的費用。可是你卻不是……」

他說的沒錯。我也不打算解釋。接著我們抽籤決定床位。他抽到上鋪。

他的打扮總是白襯衫配黑色西裝褲。個子高、剃了個三分頭，顴骨隆起。上學時一定穿學生服，鞋子和背包都是全黑的。看起來就一副右翼學生的模樣，身邊的人也大多這麼認為，但事實上他對政治可說是絲毫不關心。聽說是因為嫌選衣服麻煩才總是那麼穿。他會關心的就只有海岸線的變化或是有新的鐵路隧道竣工之類的事情而已。一提到這些事情，他就會不時結巴地連續說上一、二個小時，直到我討饒或是睡著為止。

他每天早上六點準時起床。《君之代》就是他的鬧鐘。可見升旗典禮也並非完全沒有用處。接著穿上衣服，去洗臉臺盥洗。雖然只是盥洗，卻極耗時間。久到令方人懷疑是不是把牙齒一顆顆取下來刷。回到房間後，將毛巾仔細拉平用衣架掛好，牙刷和肥皂放回架子上。然後打開收音機，開始做晨間的廣播體操。

由於我除了晚睡之外，又算是睡得比較沉的人，就算廣播體操開始，有時我依然睡得很熟。即使如此，只要進行到跳躍的部分，我必定會從床上彈起來。因為他每次跳躍——他真的跳得很高——我的腦袋就會隨之震離枕頭再落下。根本沒辦法繼續睡下去。

「不好意思。」第四天，我開口了。「可以去樓頂或是別的地方做廣播體操嗎？搞得我沒法睡。」

「不行。去樓頂做會被三樓的人抗議。這裡是一樓，下面沒人。」

「去中庭做吧。」

「那也不行啊。不管怎麼說，沒有電晶體收音機就聽不了音樂。沒有音樂就做不好體操。」

他的收音機的確是插電式的，而我的雖然是電晶體收音機，卻只能收聽調頻電臺。

「那可以把音量調小聲點，省略跳躍部分嗎？動靜太大了。不好意思。」

「跳躍？」他詫異地說。「什麼跳、跳躍？」

「喂，有一節蹦蹦跳的吧。」

「沒有那個啊。」

我開始頭疼了。想就這麼算了。可是話已經說出口，不能就此打住。於是我哼著ＮＨＫ廣播一臺的體操旋律，在地板上做起跳躍運動。

「你看就這個。明明就有吧。」

「真、真的。確實有這一節。我都沒注意。」

「所以呢，」我說。「拜託你省略這部分就好，其他我都還可以忍受。」

「不行啊。」他回答得非常乾脆。「不可能只略過一節。我已經持續做了十年，一開始做、就會不、不知不覺全部做完。如果省略一節，後、後面就接不下去了。」

「那全部都別做了。」

「這麼說不好吧。對人下命令似的。」

「嘿，我可沒有下什麼命令。只是希望至少能睡到八點，就算是早一點起床，也希望能睡到自然醒。我可不願意像參加咬麵包賽跑那樣醒來。如此而已。明白嗎？」

「大致明白。」他說。

「那你覺得該怎麼解決？」

「一同起來做早操不就得了嘛。」

我只能投降，繼續睡覺。自此之後，他持續做廣播體操，沒有一日間斷。

*

聽我提起室友和他的廣播體操，她噗哧一笑。原本並沒有打算當成笑話來講，結果連我自己也笑了。她的笑容——雖然轉眼即逝——真的是許久沒見過了。

我和她在四谷站下了電車，順著鐵軌旁的土堤朝市谷方向走。這是五月一個星期日的午後。清晨的雨不到中午就停了，低空籠罩的烏雲也已經被南風吹得消失無蹤。鮮綠的櫻樹葉泛著光在風中搖曳。陽光裡已經聞得到清新的初夏氣息。從身旁經過的人大多脫掉了外套或毛衣披在肩上。網球場上只穿著一條短褲的年輕男子正揮著球拍。球拍的金屬框在午後的陽光下閃閃發光。

只有並坐在長椅上的兩名修女仍規矩地穿著一身黑色的冬季制

服。即便如此，兩人還是聊得很開心。看著她們的模樣，不禁覺得夏天的腳步仍然遙遠。

走了十五分鐘就汗流浹背。我脫掉厚棉襯衫，只剩一件T恤。她則是將淺灰色運動衫的袖子捲到手肘上。一件已經洗到褪色的舊運動衫。似乎很久以前曾見她穿過。但很可能只是我記錯了。有許多事情我無法順利地回想。彷彿什麼都是在遙遠的過去發生過的事。

「喜歡和別人同住嗎？」她問道。

「不確定。畢竟一起生活的時間還不長。」

她在飲水臺前停下，就只喝了一口水，便從褲袋掏出手帕擦嘴。然後將網球鞋的鞋帶重新綁好。

「不知道那對我來說適不適合？」

「跟別人同住嗎？」

「是。」她說。

「不好說。麻煩的事情要比想像的多得多。例如瑣碎的守則或廣播體操什麼的。」

「也是。」說著她若有所思好一會兒。然後凝視著我的眼睛。她的眼睛清澈到有點不自然。以前我從不曾注意她的眼睛是如此清澈，一種奇妙而獨特的透明感。就像是眺望著天空一樣。

「可是，我有時會想，是不是該那麼做。也就是……」說著，她直盯著我的眼睛，咬了咬嘴唇。「我也不知道。算了。」

對話到此結束。她又跨步繼續走。

和她已經半年沒見了。半年來她瘦到我都快認不得了。原是特徵的圓潤臉頰已明顯瘦削，脖子也細了一圈。即使如此，卻完全不會給人瘦骨嶙峋的印象。她比我過去認為的要漂亮太多。我想就這一點說些什麼卻不知如何開口，於是作罷。

我們並非有什麼目的而來到四谷。我和她是在中央線的電車上偶遇。我們倆都沒有什麼預定要做的事。下車吧，她說，於是我們下了電車。而那站碰巧是四谷車站。只剩兩人單獨相處後，我們幾乎無話可說。也不知道她為何邀我一同下車，因為打從開頭就沒有什麼話題可說。

到站下車後，她一言不發逕自快步前行。我也跨步隨後跟著。我和她之間始終保持著一公尺左右的距離。一路上我一直望著她的背影。偶爾她會回頭跟我說話。有時我可以順利回應，有時不知該怎麼回答才好。有時則是她說了什麼但我完全沒聽明白。可是她似乎也不是很在意。說了自己想說的話之後，她便轉頭向前默默地繼續走。

我們在飯田橋右轉，來到護城河邊，然後穿越神保町的十字路口，從御茶水的坡道往上走，就那麼穿過了本鄉。接著再沿著都電走到駒込。頗有一段距離。抵達駒込時天已經黑了。

「這是哪裡？」她問我。

「駒込啊。」我說。「繞了一大圈。」

「為什麼來這裡呢？」

「是妳走來的呀。我只是在後面跟著。」

我們在車站附近找了家蕎麥麵店吃了點東西。從點餐到吃完一句話也沒說。因為我走得很累身體好像都快散了，而她則一直若有所思。

「體能相當好嘛。」我吃完蕎麥麵後說。

「意外吧？」

「嗯。」

「我中學的時候是長跑選手喔。而且因為父親喜歡山，我從小每到星期天都會去爬山。所以現在至少腰腿還不錯。」

「還真看不出來。」

她笑了。

「我送妳回家吧。」我說。

「不必啦。」她說。「我自己回去沒問題。放心。」

「我沒關係。」

「真的不必。我習慣自己一個人回去。」

老實說，聽她這麼講讓我大大鬆了一口氣。因為去她的住處搭電車單程就超過一個小時，那段時間兩個人默不作聲坐在位子上想來就覺得尷尬。最後她獨自返家。我則付了飯錢聊表心意。

「喂，如果可以的話——我是說如果不會造成困擾的話——可以再碰面嗎？當然我也知道這個要求很沒道理。」臨別之際她說道。

「不需要什麼道理啊。」我訝異地說。

她微微臉紅。應該是感覺到我的訝異吧。

「我不太會說。」她解釋。她把運動衫的兩只袖子拉到手肘上，然後又拉回原位。燈光將寒毛染成美麗的金黃色。「我想說的並不是什麼道理。原本想表達的是別的意思。」

她的手肘支在桌上，閉上雙眼思索合適的用語。但是並沒有找到。

「沒關係。」我說。

「我沒辦法好好講話。」她說道。「最近一直都是這樣。真的是話都講不好。每次要說話的時候，想到的總是不正確的措辭用語。不正確，或者是意思完全相反。然後，如果想修正就會更混亂，變得更不正確。最後連自己原來想說的是什麼都搞不清楚了。好像自己的身體分裂成兩個，玩起了鬼抓人，有那種感覺。中央豎了一根非常粗的柱子，就那麼一圈又一圈繞著柱子玩鬼抓人。正確的用語，總是被另外一個我抱著，而我永遠追不到。」

她把雙手放在桌上，凝視著我的眼睛。

「這種感覺，你懂嗎？」

「每個人多少都有過這種感覺。」我說道。「沒有辦法正確表達自己，任誰都會焦躁不安。」

聽我這麼說，她似乎有些失望。

「和那又不一樣。」她說道，但除此之外就沒再說什麼。

「要再碰面我完全沒問題。」我說道。「反正我的時間多，與其一個人無所事事，不如走走還比較有益健康。」

我們在車站道別。我說再見，她也說再見。

＊

我第一次見到她是在高中二年級的春天。與我同年齡，讀的是氣質高雅的教會女校。介紹我們認識的是我的好朋友，而他和她是情侶。兩人是小學時就認識的青梅竹馬，兩家相距也不過二百公尺。

就如同大多數青梅竹馬的情侶，他們想要兩人獨處的念頭似乎相當淡泊。經常去對方的家裡或是和對方的家人一起用餐，也拉我辦過幾次兩男兩女的約會。但由於我這方的小小戀情沒有取得什麼明顯的成果，不知不覺最後就變成只有我、朋友和她三個人一起玩了。就結果而言，這樣才最輕鬆愉快。以角色來分的話，大概是我是來賓，他是老練的節目主持人，而她則是親切的助理，同時也是主角。

他非常擅長扮演那種角色。雖然有幾分嘲弄人的傾向，但本質上是個誠懇而公道的人。不論對我或是對她，他都一樣會開玩笑揶揄。一旦有哪邊沉默下來，他立刻就會對那方發話並巧妙地引出話題。他具備瞬間掌握狀況，隨機應變的能力。而且他還擁有從對方不怎麼有意思的話題發掘出若干有趣的部分，這種難得的才華。所以和他聊天時，我經常會有自己的生活也過得非常有趣的錯覺。

可是只要他一離席，我和她就陷入了冷場。因為我們兩個都不知道該說些什麼才好。事實上，彼此之間並沒有任何共同話題。我們多半是一言不發或擺弄桌上的菸灰缸或喝水等待他回座。他回來後，話匣子才會再度打開。

在他的葬禮過後三個月左右，我和她只見過一次面。為了點事約在喫茶店碰頭，事情處理好之後就無話可說了。我幾度試著找話題，但全都無疾而終。而且她的說話方式似乎有些帶刺。她好像正為了不明的原因在生我的氣，於是我和她道別。

或許她對我生氣的原因是，他最想見的不是她，而是我說也不一定。雖然這種說法並不恰當，但我也瞭解她的感受。如果可以的話，我希望能和她交換。但從結局來看，那也是無可挽回的事。一旦發生的事，再怎麼努力也無法抹除。

那個五月的下午，我和他在高中放學返家途中（說是放學但其實是蹺課）順道去撞球店打了四盤撞球。我拿下了第一盤，後面三盤都是他贏。照約定由我付了帳。

當晚他死在車庫裡。用橡皮水管將日產N360的排氣管連接到車中，用膠布將車窗縫隙封起來並發動引擎。我不知道他經過多少時間才嚥氣。當前去探視罹病親戚的雙親返家時，他已經死了。車內收音機一直開著。雨刷夾著加油站的收據。

沒有遺書也沒有可能的動機。由於是最後一個與他相處的人，我被警察找去做筆錄。言行舉止一點也看不出像要自殺，和平時完全一樣，我說。因為一個決定就要自殺的人基本上是不可能打撞球還連贏三盤。警察似乎對我和他都沒什麼好印象。他們大概是認為蹺課去打撞球的高中生會自殺也沒有什麼好奇怪的。報紙上刊載了一則小小的報導，案件隨即落幕。紅色的N360被處理掉了。教室裡他的桌子上擺放了好一陣子白色的花。

高中畢業來到東京時，我該做到的就只有一點。那就是對任何事情都盡量不要想太多——僅此而已。鋪著綠色毛氈的撞球檯、紅色的

N360、課桌上的白花，我決定要將這些全部忘掉。還有從火葬場高聳的煙囪冒出的煙、警局偵訊室裡粗短的文鎮，這一切的一切。起初看似進行得很順利。但我心裡卻殘留著某種朦朧的、類似空氣的東西。而且那空氣隨著時間開始凝聚出清晰而單純的形狀。那就是：

死並不是與生對立的極端，而是作為其一部分存在著。

化為語言文字就變得平凡到令人生厭。根本就是泛泛之談。不過當時我感受到的並不是語言文字，而是像一種存在於體內的空氣。死也存在於文鎮裡，以及撞球檯上排放的那四顆球裡。而我們就像是一邊將那如同微塵般吸入肺裡一邊活下去。

我在那之前一直認為死亡是由他者抽離出來的獨立存在。亦即

「死亡總有一天必定會捉住我們。但換言之，在死亡捉住我們的那天來到之前，我們不會被死亡捉住」。我認為那對我來說是極其正常而合理的想法。生在這一側，死在那一側。但是以友人死去的那一夜為分界，我無法再那麼單純地看待死亡了。死和生並不是對立存在的兩極。我的存在已經包含了死。而且我無法將其忘卻。因為在十七歲那個五月的夜晚抓住友人的死，在那一夜也抓到了我。

我對那有了清楚的理解。在理解的同時，我也決定不要對那做深刻的思考。這是一項非常困難的作業。畢竟我才十八歲，要去探尋事物的中間點還太年輕了。

＊

自那次之後，我每個月會和她約會一、二次。應該可以稱為約會吧。除此之外也沒更合適的字眼。

她讀的是一所位在東京郊區的女子大學。評價很好的小型女子大學。從她的公寓住處走路到學校用不了十分鐘。途中有一條流水清澈的水渠，我們有時會去那一帶走走。她似乎沒有朋友。和以往一樣，她仍是斷斷續續偶爾才開口。因為沒什麼特別得說的事情，我也鮮少講話。碰頭之後，我們只是一個勁兒地走。

不過也並非毫無進展。暑假快結束的時候，她已經很自然地走在我身旁了。我們挨著一起走。上坡下坡、過橋、穿越馬路，我們持續走著。沒有特定的目的地，也沒有特別要做的事。走了好一段路之後便找間喫茶店，進去喝杯咖啡，咖啡喝完後又繼續走。就像播放幻燈片一樣，走過的就只有季節而已。秋天到來，宿舍中庭被櫸樹的落葉所覆蓋。穿上毛衣，就散發出新季節的氣息。我買了一雙新麂皮鞋。

到了秋季結束吹起冷風時，她的身子不時會靠近我的手臂。隔著毛呢連帽大衣的厚料子，我可以感覺到她的呼吸。不過，也只有這樣而已。我依然是雙手插在外套口袋裡，和往常一樣走著。我和她都穿著膠底鞋，因此聽不到腳步聲。只有踩到懸鈴木乾枯的落葉時，會發出沙沙的聲音。她索求的並不是我的臂膀，而是**某人**的臂膀。她索求的並不是我的體溫，而是**某人**的體溫。至少我是這麼認為的。

感覺上她的眼睛變得比以前更透明了。一種無處可去的透明感。她有時會沒由來地凝視著我的眼睛。這種時候我都會感到悲傷。

每當她打電話來或是星期天早上我要外出時，宿舍那些傢伙都會出言調侃。這也難怪，因為大家都認為我交了女朋友。一來沒辦法解釋，再者也沒必要解釋，所以我都不說。約會後回來一定會有人問床上的情況。還好，我總是這麼回答。

就這樣，我的十八歲過去了。太陽東升，太陽西沉，國旗升起降下。而星期天則是和亡友的女朋友約會。自己現在到底在幹什麼，又該怎麼辦，我完全不知道。在大學課堂上，我讀了克洛岱爾、讀了拉辛、讀了愛森斯坦。他們全都創作出傑出的作品，但也僅此而已。我在班上幾乎沒有朋友，和宿舍那些人往來的情況也差不了多少。因為我老是在看書，大家都以為我想成為小說家，可是我並沒有想要當個小說家。我什麼都不想。

我曾經多次和她談到這種心情。因為覺得她應該可以充分理解我所想的事情。可是我沒辦法好好表達。就如同她之前對我說的那樣，愈是思索，正確的字眼就總是愈往我搆不到的黑暗深處沉入。

一到星期六的晚上，我就會到設有電話的大廳，坐在椅子上等她打電話來。曾出現三個星期都沒有來電的情況，但也曾連續二周都打來。所以星期六晚上我都坐在大廳的椅子上等她來電。星期六晚上大部分的學生都出去玩了，大廳一般相當安靜。我總是凝視著飄浮在那沉默空間裡的光粒子，一邊努力嘗試看清自己的心。任何人都會向他人尋求些什麼，這是可以確定的。可是再往前的事情我就不知道了。我伸出手，在即將觸及的前方不遠處，有一堵無形的空氣牆。

入冬後我去新宿一家小唱片行打工。聖誕節我送了一張收錄有她喜歡的〈Dear Heart〉的亨利．曼西尼的唱片當禮物。我親手包裝好，繫上粉紅色絲帶。用的是印有聖誕樹圖案的應景包裝紙。她為我織了一雙毛線手套，拇指的部分稍微短了點，但一樣暖和。

她寒假沒有返家，所以新年期間邀我去她的住處吃飯。

那年冬天發生了許多事。

一月底，室友發燒到將近四十度，躺了兩天。我和她的約會因而泡湯。他難受到一副快死的模樣，我也不可能置之不理逕自外出。除了我，似乎也找不到其他人來照顧他。我買來冰塊裝進塑膠袋用來冰敷，用涼毛巾替他擦汗，每小時量一次體溫。發燒一整天都沒有退。可是次日一早他卻像什麼都沒發生過似地一骨碌起了床。體溫降到三十六點二度。

「奇怪，」他說道。「我以前從來沒發過燒。」

「就是發燒啦。」我說道。然後將二張因而浪費的音樂會招待券給他看。

「幸好只是招待券喔。」他說。

二月下了好幾場雪。

二月快結束時，我為了無聊的小事吵架動手揍了同一層樓的高年級生。對方的腦袋撞上水泥牆，幸好沒受什麼傷。我被舍監叫去辦公室訓了一頓，住宿舍的感覺因此更差了。

我十九歲，升上大二。我當了幾個學分。成績幾乎都是C或D，只有極少拿了B。她則是一學分都沒當，順利升上二年級。四季轉了一輪。

六月，她二十歲了。她二十歲這件事讓人感覺有些不可思議。不論是我還是她，似乎都應該在十八歲與十九歲之間來來去去才是對的。十八接下來是十九，十九接下來是十八——這樣才能夠理解。可是她已經二十歲了。我也將在下個冬天年滿二十。只有逝者永遠是十七歲。

生日那天下著雨。我在新宿買了蛋糕，搭電車前往她的住處。電車擁擠，而且晃得厲害。因此傍晚當我好不容易抵達她的住處時，蛋糕就像羅馬的遺跡一樣已經塌了。不過還是照樣插上二十支蠟燭，用火柴點燃。拉上窗簾關掉電燈後，總算也有點慶生的氣氛。她開了瓶葡萄酒。然後吃蛋糕並簡單解決了晚餐。

「竟然就二十歲了，總覺得像個傻瓜。」她說。飯後，我倆收拾餐具，坐在地板上喝剩下的葡萄酒。我喝一杯的時間她喝了兩杯。

那天她罕見地多話。說了小時候的事、學校的事、還有家裡的事，每件事都講得很長。除了長之外還異常詳細。A話題不知不覺間延伸成B話題，然後漸漸轉換成包含B話題的C話題，並一直持續著。沒有盡頭。起初我還會適度附和，但後來也放棄了。我去放唱片，播完後便抬起唱針換下一張，全部放過一遍之後又回到第一張。窗外的雨下個不停。時間緩緩流逝，她一個人持續說著。

時針指到十一點，我也開始感到不安。她已經持續說了四個小時。趕末班電車的時間就快到了。我不知該如何是好。一方面認為應該任她想說就盡量說，一方面又覺得找個適當的時機打斷比較好。我相當猶豫，但最後還是決定打斷。畢竟她說得實在太多了。

「已經太晚了，不好意思，我也該回去了。」我說。「過幾天再找時間見面吧。」

不曉得她是否聽到我說的話。她閉上嘴，但隨即又開始講。我無奈地點了根菸。看來還是讓她盡量講比較好。接下來的事情就只能順其自然了。

但是她的話並沒有持續多久。一回神，她的話已經結束。話語的碎片，好像被扯斷似地飄浮在空中。正確說來，她的話並不是說完了，是在某處突然消失了。雖然她仍勉強想要說下去，但那裡已經什麼都沒有了。有什麼被破壞了。她的唇仍微微張著，茫然地看著我的眼睛。那視線，彷彿隔著一層不透明的膜。我覺得自己做了非常差勁的事。

「我不是有意要打斷的。」我像是逐字確認般慢慢說道。「可是已經很晚了，而且……」

不到一秒鐘淚水便從她的眼眶溢出流下臉頰，滴答落在唱片封套上。最初的淚水一流出，然後就停不下來。她雙手撐在地上哭著，那姿勢就像在嘔吐一樣。我靜靜地伸手碰觸她的肩，她的肩微微顫抖。接著我幾乎是無意識地將她摟了過來，她在我的懷裡沒出聲地哭著，呼出的熱氣和淚水弄濕了我的襯衫。她的十指像是搜尋什麼似地在我的背上游移。我左手扶著她的身子，右手撫摸她柔細的頭髮。很長一段時間保持著那個姿勢，等待她停止哭泣。但她卻一直哭。

＊

那一夜，我和她上床了。我不知道這麼做對不對。但除此之外還能怎麼樣呢？

真的很久沒有和女孩子上床了，而那還是她的第一次。我試著問為什麼沒和他上過床，但這種事情實在是不該問的。她什麼也沒說。然後手從我的身上移開，翻身背對我，望著窗外的雨。我看著天花板抽起菸。

天亮時，雨已經停了。她背對著我睡著，或許她一直醒著也不一定。但不論是哪種情況對我而言都一樣。和一年前相同的沉默將她完全包覆。我就那麼望著她白皙的背好一會兒，最後還是放棄，從床上起身。

唱片封套仍如昨夜一樣散落在地上。桌上放著剩下一半的塌掉的蛋糕，感覺就像是時間在那裡突然停止流動似的。書桌上放著字典和法語動詞表。書桌前的牆上貼著月曆。沒有照片或繪畫，只有數字的月曆。月曆上完全空白，沒有寫字，也沒有任何記號。

我撿起落在床腳邊的衣服。襯衫的前襟仍然濕濕冷冷，一湊近鼻子就聞到她頭髮的氣味。

我在書桌的便條紙上寫了「希望最近打電話連絡」。然後走出房間，輕輕關上門。

過了一個星期都沒有電話。因為她住的地方不幫人接電話，於是我寫了封長信。我盡可能坦誠寫下自己的感覺。有很多事情我不知道，雖然努力試著去弄明白，但那需要時間。而且我也無法預測，在經過那些時間之後，自己究竟會身在何處。不過我讓自己凡事都不要想太多。想得太多，世界就會變得很不真實，結果很可能就是會把某些東西強加在身邊的人的身上。我不想強加什麼在別人身上。很想見妳。可是就如同前面所說的，我不知道那到底對不對——內容大致如此的信。

七月初，回信來了。是一封短信。

我決定暫時先休學一年。說是暫時，但我不認為會再回去了。所謂休學，不過是手續上的問題。明天就要搬家了。或許你會覺得太過突然，但這件事我已經考慮了很久。也曾經多次想和你商量，可是怎麼都做不到。我非常害怕開口提起。

很多事情都請不要在意。就算發生過什麼事、又或者沒有發生，我想結果都會是這樣。或許這麼說會傷了你。如果是的話，我向你道歉。但我想說的是，希望你不要因為我而責怪自己或其他人。這些本來就是我自己該全部承擔的。這一年多來我一直拖拖拉拉沒有處理，想必也讓你非常困擾。而這，應該已經是極限了。

聽說京都的山上有間不錯的療養院，我打算先去那裡住一陣子。並不是醫院，而是一個自由得多的機構。詳細的情形有機會再寫信告訴你。現在還寫不太出來。即便是這封信都重寫了大概有十遍。這一年有你陪伴，我實在是難以表達心中的感謝。這一點請你一定要相信。我能說的就只有這樣。你送的唱片，我一直很珍惜地聽著。

哪一天，若是能夠再次與你在這不確實的世界的某處相逢的話，我們大概可以好好地聊更多事情吧。

再見

她的來信我反覆看了有幾百遍。每一次重看，心情都會變得無比悲傷。那正如同，眼睛被凝視著時所感受到的，無處可去的悲傷。那種心情，我無法帶往他處，也沒有地方可以收放。那就像風一樣沒有輪廓，也沒有重量。我甚至無法將那裹在身上。風景在我面前緩緩走過。他們的話語都傳不進我的耳裡。

星期六的晚上我仍舊坐在大廳的椅子上將時間耗掉。雖然不會有人打電話找我，但我也不知道到底該做什麼才好。我總是打開電視轉到棒球比賽轉播，假裝看著。然後直盯著橫亙在自己和電視之間朦朧的空間。我將那空間切割成兩塊，接著將那切開的空間再切成兩塊。然後一再重複，最後切出一塊可以放在掌心的小空間。

到了十點，我關掉電視回房間，上床睡覺。

＊

那個月底，室友送我即溶咖啡空瓶裝著的螢火蟲。瓶中裝著一隻螢火蟲、草葉、和少許的水。蓋子上打了幾個透氣的小洞。因為周遭還很亮，那看起來就只是尋常的水邊黑色小蟲。但仔細觀察，那的確是螢火蟲。螢火蟲試圖爬上光滑的玻璃瓶壁，卻總是向下滑落。已經好久沒有這麼近距離看螢火蟲了。

「在院子抓的。附近的飯店會放螢火蟲來吸引顧客上門，應該是那裡飛來的。」他邊把衣物和筆記塞進波士頓包邊這麼說。暑假已經過了好幾個星期。宿舍裡差不多就只剩我們了。我是不想回家，他則是因為要實習。但實習已經結束，他正準備回家。

「適合送給女孩子。收到一定很開心。」他說。

「謝謝。」我說。

天黑後宿舍靜悄悄的。國旗從旗桿上降下，餐廳窗戶透出燈光。因為學生少了，餐廳的燈總是只開一半。右半邊沒開，只有左半亮著。但依然微微傳出晚餐的氣味。是奶油燉菜的氣味。

我拿著裝有螢火蟲的即溶咖啡瓶登上樓頂。樓頂一個人影也沒有。不知是誰忘記收走的白襯衫掛在曬衣繩上，像是某種遺蛻一樣在黃昏的風中飄搖。我從樓頂一隅的生銹鐵梯爬上水塔。圓柱形的水塔因為白天時吸收了大量熱能，現在還是溫的。在狹小的空間倚著護欄坐下，微微缺了一角的月亮便浮現在眼前。右手邊是新宿的街道，左手則可以看到池袋的街道。車燈匯成鮮明的光河，在市街之間流動。各種聲音混合而成的柔和低吟，像雲一樣飄浮在市區上空。

螢火蟲在瓶底發著微光。但是那光實在太弱，顏色實在太淡。在我的記憶裡，螢火蟲應該是會在夏日的黑暗中放出更清晰鮮明的亮光才對。非得如此不可。

或許螢火蟲已經奄奄一息了。我抓著瓶口搖了幾下。螢火蟲撞上玻璃壁，稍微飛了一下。但那光依然微弱。

可能是我記錯了吧。或許螢火蟲的光並沒有那麼亮。或許只是我這麼認為而已。又或許是當時我的周遭更黑更暗的緣故。我想不太出來。也想不出最後一次看到螢火蟲是什麼時候的事情。

我記得的只有暗夜裡的水聲，還有磚造的古老水閘，用轉盤手動啟閉的水閘。岸邊的草幾乎將水面完全覆蓋的小水渠。周遭黑漆漆的，水閘的集水區上方飛舞著多達數百隻的螢火蟲。那黃色的光點，簡直就如同迸散的熾熱火星般映照水面。

那是什麼時候的事？又是在哪裡呢？

想不起來。

時至今日，許多事情都前後顛倒，混雜在一起了。

我閉上眼睛，做了幾次深呼吸來整理心情。一直閉著眼睛，便覺得身體彷彿就要被吸進夏日的黑暗之中似的。仔細想想，這還是第一次在天黑之後爬上水塔。風聲比平常聽到的更清楚。並不是多強的風，卻留下鮮明到不可思議的軌跡從我的身旁吹過。時間緩緩流逝，夜色覆蓋著地表。都市之光再怎麼強再怎麼凸顯其存在，夜都會確實將應得的分額帶走。

我打開瓶蓋，把螢火蟲弄出來，放在凸出約三公分的水塔邊緣。螢火蟲似乎無法清楚掌握自己所處的狀況。螢火蟲蹣跚地繞了螺絲帽一圈，又朝如瘡痂般翹起的油漆爬去。朝右爬了一段後，確認此路不通之後，又朝左爬回。然後花了些時間爬上螺絲帽，就停在那裡一動也不動。

我依然倚著護欄，望著那螢火蟲。很長的時間，我們都動也沒動。只有風，在我們之間，如河水般流過。櫸樹無數的葉片在黑暗中互相摩挲著。

我繼續等下去。

許久之後螢火蟲才飛起來。螢火蟲像是想到了什麼似的忽然伸展翅膀，下一瞬間便已越過護欄浮在淡淡的黑暗中。然後像是要取回失去的時間似的，快速在水塔旁畫出一道弧線。在稍事停留以便確認光的線條洇入風中之後，終於朝東飛去。

螢火蟲消失之後，那光的軌跡仍久久留在我的眼底。在閉起眼睛的深厚黑暗中，那微小的光，就像是無處可去的幽魂，一直徘徊不去。

我幾次在那黑暗中試著伸出手。手指碰觸不到任何東西。那微小的光，總是在我的指尖稍微前面一點點。

納屋を焼く——燒倉房

和她是在友人的婚禮上認識，進而交往。那是三年前的事情。我和她的年紀相差將近一輪。她二十歲，我三十一。不過這也不是多大的問題。因為恰好那時期我有其他一堆非得傷腦筋不可的事情，說實在的根本沒空去細思什麼年齡的問題。而她根本打從一開始就沒在意過年紀。我已婚，但這也不是個問題。在她眼中，似乎年齡、家庭、收入這些事情，就和腳的尺碼、聲音的高低或指甲的形狀一樣，都屬於先天的條件。總之，並不是想了就能處理的那一類事情。這麼說來，似乎也沒錯。

她一面跟也算是有名的老師學習默劇，一面為了生活擔任廣告模特兒。只不過她嫌麻煩，經常將經紀人轉來的工作推掉，所以收入實在微薄。收入不足的部分似乎主要是靠她幾個男朋友出於好意的補貼。當然我並不是很確定。只是根據她話語中的細微之處猜想，多半是這個樣子而已。

儘管如此，我並不是說她會為了錢和男人上床。那多半是遠遠更為單純的事情。而且因為過於單純，許多人便會將自己平日懷抱著的模糊情感，反射性地、在自己都搞不太清楚的情況下，轉換成幾種明確的形態，例如「好意」、「愛情」、「看開」等等。雖然無法清楚說明，但總之就是這麼回事。

這種效應自然不可能永遠持續下去。若是會永遠持續的話，宇宙的結構都要整個翻轉了。要得以發生，只有在某種特定的狀況下，某種特定的時期。就和「剝橘子」一樣。

來說說「剝橘子」吧。

剛認識時她告訴我，說正在學默劇。

耶，我說。並沒有多驚訝。最近的年輕女孩都會搞點名堂。而且她看起來也不是會認真投入什麼事情去培養能力的類型。

接著就開始表演「剝橘子」。如同字面所示，「剝橘子」就是剝掉橘子皮。她的左邊有個堆滿橘子的玻璃盆，右邊有個丟橘子皮的盆──只是想像的設定──其實什麼都沒有。她拿起一顆那想像中的橘子，慢慢剝掉皮，每次送一瓣到嘴裡、吐掉渣子，吃完一顆後將渣子聚攏用皮裹起來丟進右邊的盆裡。這樣的動作一直反覆進行。用語言來說明，這並不是什麼大不了的事。但是看著在眼前持續了十幾二十分鐘後──我和她在酒吧的吧檯聊天，她邊說話邊幾乎是無意地持續那「剝橘子」的動作──我漸漸覺得周遭的現實感似乎正不斷被吸走。這是非常奇怪的感覺。過去艾希曼在以色列的法庭受審時曾有人建議，最合適的處刑方式就是關進密室將空氣一點一點抽掉。究竟如何處死，詳細情形我並不清楚，但突然想起這件事。

「妳好像挺有才華的嘛。」我說。

「哎呀，這個簡單啦。根本算不上什麼才華。總之，要點並不在於認定那裡有橘子，而是把那裡沒有橘子給忘掉就好。如此而已。」

簡直就像禪一樣。

我因此對她產生好感。

我和她並沒有經常碰面。大概一個月一次，頂多兩次。我們會先去吃飯，然後上酒吧或者爵士俱樂部，或在夜裡散步。

只要和她在一起，我的心情就可以非常放鬆。一點也不想處理的工作、不可能有結論的無聊爭執、莫名其妙的人提出的莫名其妙想法等等，全都可以忘得一乾二淨。她似乎擁有那樣的能力。儘管她說的話幾乎百分之百沒有任何意義，但只要仔細傾聽，就會像眺望遠方的浮雲時那樣，恍恍惚惚非常舒服。

雖然我也說了許多話，但沒說任何值得一提的事情。原本就沒有任何特別值得一提的事情。

真是如此。

沒有什麼該說的話。

二年前的春天，她的父親因心臟病去世，留給她一筆不小的現金。至少她是這麼說的。她表示打算用那筆錢去北非待一陣子。雖然不知道為什麼選擇北非，不過我正好認識一個在東京的阿爾及利亞大使館上班的女孩，便介紹給她。於是她去了阿爾及利亞。好人做到底，我去機場送行。她只拎著一個塞了換洗衣物的老舊波士頓包。查驗行李時，從旁看來給人的感覺與其說要前往北非，更像是要回去北非。

「真的會回來日本吧？」我問。

「當然會回來啊。」她說。

三個月後她回來了。比出發前瘦了三公斤，曬得黝黑。還帶著新戀人。聽說兩人是在阿爾及爾的一家餐廳認識。在阿爾及利亞的日本人不多，兩人很快便走得很近，進而交往。就我所知，對她來說，此人是第一個正式的男朋友。

他年約二十七、八，高個子，總是打扮整齊，說話斯文有禮。雖然表情稍嫌呆板，但還算得上是帥哥，給人的感覺也不差。手大，手指很長。

為何會對這個男人的事情知道得如此清楚，是因為我去機場接他們。突然收到一封從貝魯特打來的電報，上面只有日期和航班編號。看來是希望我去接機。飛機落地後——飛機因天候惡劣誤點四小時之久，那段時間我待在咖啡廳讀福克納的短篇小說集——兩人挽著手來到入境大廳，兩人看起來像登對的年輕夫妻。她介紹我們認識。我們幾乎反射性地握了手，長年在國外生活的人常表現的那種有力的握手。然後我們走進餐廳。她說無論如何都要吃到天丼，於是點了天丼，我和他喝生啤酒。

他說自己從事貿易方面的工作，但是對於工作的內容則什麼也沒說。或許是不太願意提自己的工作，或許是怕我覺得無聊才沒有說，原因為何不得而知。不過我也不是很想聽關於貿易的事情，所以沒多問。因為沒有話講，我們聊起貝魯特的治安狀況和突尼斯的供水系統。從北非到中東的情勢他都相當清楚。

吃完天丼，她打了個大呵欠，說想睡了。感覺像是就要當場睡著似的。有件事忘了說，那就是她有個不論身在何處都可能犯睏的困擾。他說要叫計程車送我回家。我說自己搭電車回去因為那樣比較快。都搞不清楚自己為何特地來機場走這麼一趟了。

「很高興認識你。」他對我說，似乎有些不好意思。

「我也是。」我說。

之後我又見到他好幾次。只要我在某處碰巧遇見她，身旁必定有他。連我和她約會時，他都會開車送她到碰面地點。他開的是一輛沒有絲毫污痕的銀色德國跑車。我對車幾乎是一無所知沒辦法詳細說明，但感覺像是費里尼的黑白電影裡會出現的車。

「想必很有錢吧。」有一次我試著問她。

「是啊。」她不太感興趣似地說。「應該是那樣沒錯。」

「貿易工作那麼好賺呀？」

「貿易？」

「他是這麼說的。說從事貿易方面的工作。」

「那應該是吧。不過……我也不是很清楚，因為看起來不像是有工作要忙的樣子。雖然經常會與人約見面或打打電話，但也不是怎麼拚命的樣子。」

「簡直就是蓋茲比嘛。」

「哦，那是誰？」

「沒事。」我說。

*

十月一個星期天下午，她打電話來。妻子上午去親戚家，只剩我一個。那是個天氣晴朗非常舒適的星期天，我正邊眺望院子裡的樟樹邊啃蘋果。光是那天我就已經吃了七顆蘋果。

「現在正好在你家附近，我們兩個等一下去你家玩可以嗎？」她說。

「兩個？」我反問。

「就我和他啊。」她說。

「好啊，沒問題。」我說。

「那三十分鐘之後到。」她說。然後掛斷電話。

我在沙發上賴了一下之後去浴室沖澡、刮鬍子。然後擦乾身體順便掏耳朵。考慮了一下是否要收拾家裡，還是決定算了。因為時間不足以讓我整個收拾乾淨，既然沒辦法全部收拾妥當，似乎什麼都別做還比較好。屋裡隨處可見書籍雜誌、信件、唱片、鉛筆、毛衣等物品，但看起來也不算髒亂。因為才解決了一件工作，提不起勁動手。我到沙發坐下，望著樟樹又吃了顆蘋果。

他們在下午兩點多抵達。家門前傳來跑車停下來的聲音。走到玄關一看，那輛認識的銀色跑車已停在路上。我的女朋友從車窗探頭揮手，我引導車停到後院的停車位。

「我們來囉。」她笑咪咪地說。她穿著乳頭形狀清晰可見的薄T恤和橄欖綠迷你裙。

他穿了一件歐式的海軍藍休閒西裝外套。覺得他給我的印象稍微有些差異，那是因為留了至少兩天沒刮的鬍渣了。雖說是鬍渣子，在他身上卻絲毫不顯邋遢，只是覺得稍微沒有精神而已。他把手上的POLO太陽眼鏡塞進胸前口袋，輕輕哼了一聲。哼的方式非常高雅。

「在休息的時候冒昧來打擾，實在不好意思。」他說。

「哪裡，沒關係。每天都像在休息，再說我一個人正覺得無聊呢。」我說。

「我們帶了午餐來喔。」她說著從後座取出白色的大紙袋。

「午餐？」

「也沒什麼。只是覺得星期天突然來訪，還是帶點吃的比較好。」他說。

「那真是太好了。我從早上到現在只吃了蘋果。」

我們進去屋裡，把食物一一擺上桌。相當豐盛的一餐。高檔的白葡萄酒、烤牛肉三明治、沙拉、煙燻鮭魚、藍莓冰淇淋，而且量也多。烤牛肉三明治裡甚至連西洋芹也沒缺，芥末也夠味。我們將食物移到餐盤，拔掉葡萄酒瓶塞，就像個小型派對。

「不好意思，反倒是讓你費心了。」

「哪裡的話，應該的。是我們不請自來。」

「開動吧。我已經餓壞了。」她說。

我這半個東道主為各人的杯子斟上葡萄酒。然後乾杯。有點個性的葡萄酒，但喝著喝著身體就適應了。

「可以放個唱片嗎？」她說。

「當然。」我說。

她曾來我家玩過一次，許多東西不必說明就知道在哪裡。從唱片架找出幾張喜歡的ＬＰ拭去灰塵，疊在自動換片唱盤上。

「相當有年份的懷舊唱盤哪。」他說。指的是這蓋拉德（Gorrard）的自動換片唱盤。自動換片唱盤確實已經完全落伍了。我也是費了好一番工夫才找到夠好的蓋拉德自動換片唱盤。能遇到識貨的人令我相當開心。接著又聊了一下音響。

她喜歡老的人聲爵士，所以放了佛雷・亞斯坦和平克・勞斯貝這些人的唱片。中間夾了張柴可夫斯基的《弦樂小夜曲》，然後又換回納京・高。

我們咬著三明治、吃沙拉，不時捏片煙燻鮭魚。葡萄酒喝完後，接著把冰箱裡的罐裝啤酒拿出來喝。我家的冰箱裡只有啤酒是永遠不會少的。因為有朋友開了間小公司，會把多餘的贈品啤酒券便宜讓給我。

他不論怎麼喝都面不改色。啤酒的話我也相當能喝，她也陪著喝了幾罐。結果不到一個小時桌上就擺了二十四個空啤酒罐。唱片播完後，她又挑了五張ＬＰ。第一首是邁爾士・戴維斯的〈Airegin〉。

「我有草，要不要來幾口？」他說。

我有點猶豫。我一個月前才剛戒菸，正處於非常微妙的時期，不知道現在抽大麻會造成什麼樣的影響。但最後還是決定抽了。他從紙袋底掏出鋁箔紙包，將大麻擱在捲菸紙上捲起來，舔了舔上膠的部分。用打火機點燃，接著連吸了幾口確認確實點著後遞給我。品質極佳的大麻。我們什麼話都沒說，一人一口輪著抽了好一會兒。邁爾士·戴維斯結束後換成約翰·史特勞斯的圓舞曲集。

一支抽完時，她說睏了。因為除了睡眠不足之外，還喝了三罐啤酒、又抽大麻。她真的是立刻就要睡了。我領她上二樓，讓她躺上床。她說想借件T恤。我才將T恤遞過去，她已經俐落地脫到僅剩內褲，把T恤由上往下一套便鑽進被子，五秒後就發出了鼾聲。我搖搖頭下樓去。

客廳裡，她的戀人正在捲第二支大麻。這男人真悍。可以的話，我也很想躺在她旁邊好好睡一覺。不過似乎不太可能。我們抽著第二支大麻，約翰．史特勞斯的圓舞曲仍在播放。我不知怎地想起小學學習成果發表會時表演的話劇。我飾演手套店的大叔一角。小狐狸來買手套的店老闆。可是小狐狸帶的錢不夠買手套。

「這不夠買手套喔。」我說。是個有點惹人厭的角色。

「可是媽媽好冷。手都凍傷了。」小狐狸說。

「不、不行。存夠了錢再來。」到時候……

「我偶爾會去放火燒倉房。」

他說。

「什麼？」我說。因為有點恍惚，我以為聽錯了。

「我偶爾會去放火燒倉房。」他重複一遍。

我望著他。他用指尖描著打火機的圖案。然後用力將大麻的煙吸進肺的深處憋了十秒鐘，再徐徐呼出。煙從他的口中飄向空中，簡直就和靈質（ectoplasm）一樣。他將大麻遞過來。

「貨很棒吧。」他說。

我點點頭。

「從印度帶回來的。只挑品質特別好的貨。吸了這個，就會神奇地想起很多事。而且和光線、氣味這些個有關。記憶的質……」說到這裡，他慢條斯理地停頓了一下，打了幾個響指。「好像整個都變了。你不覺得嗎？」

是沒錯，我說。我也正好想到學習成果發表會舞台上的吵雜和塗在背景硬紙板上顏料的氣味。

「我想聽聽倉房的事。」我說。

他看看我的臉。他的臉仍然沒什麼表情。

「可以說嗎？」他問。

「當然。」

「其實很簡單。潑上汽油，劃根火柴扔過去。轟，這就完事了。要不了十五分鐘就燒塌了。」

「那麼，」說著，我閉上嘴。因為還沒想出接著該怎麼說。「為什麼要燒倉房？」

「不正常嗎？」

「不知道。你燒倉房，而我不燒。這中間有明顯的不同，以我來說，與是否正常相比，更想先弄清楚不同在哪裡。為了我們雙方。何況，倉房的事是你先提的。」

「說的也是。」他說道。「確實是這樣。對了，你有沒有拉維・香卡的唱片？」

沒有，我說。

他愣了一會兒。

「我大概兩個月會燒一間倉房。」他說。然後又打了個響指。

「我覺得這樣步調最合適。當然，是指對我而言。」

我不置可否地點點頭。步調？

「你是燒自己的倉房嗎？」我問。

他用不解的眼神看著我的臉。「為什麼你會認為我非得燒自己的倉房不可呢？你覺得我會有那麼多倉房嗎？」

「意思就是，」我說道。「燒的是別人的倉房囉？」

「是的。」他說。「當然是那樣。簡單說，就是犯罪行為。正如同你我在這裡抽著大麻一樣，顯然是犯罪行為。」

我默不作聲，手肘仍支在椅子的扶手上。

「也就是擅自縱火燒掉別人的倉房。為了避免造成太大的火勢，自然得挑選。畢竟我可不希望釀成火災，只想燒個倉房而已。」

我點點頭，將抽短的大麻捻熄。「可是，被逮到就有事了。畢竟是縱火，搞不好就得吃牢飯了。」

「不會被逮的。」他滿不在乎地說。「潑上汽油，火柴點了一扔，立刻就走人了。然後躲得遠遠的用望遠鏡仔細欣賞。抓不到的。再說燒掉的不過是個小倉房，警察也不太會管。」

「而且誰也想不到一個開進口車穿著體面的年輕人竟然會四處去燒倉房吧。」

他微微一笑。「一點也沒錯。」

「她知道這件事嗎？」

「她什麼都不知道。這種事，可不是對誰都能講的。」

「為什麼告訴我呢？」

他攤平左手，摩挲自己的臉頰。鬍渣子發出輕微的聲音。「因為你是寫小說的人，或許比較清楚人的行為模式這類的事情。換句話說，我認為所謂小說家，應該會在對事物下判斷之前，先享受事物本身帶來的樂趣。」

我想了想他所說的話，也算有幾分道理。

「你說的應該是一流的作家。」我說。

他呵呵一笑。「這麼說或許有些奇怪。」

他將雙手在面前攤開，然後啪一聲合攏。「世界上有那麼多倉房，我覺得好像全都等著我去燒。例如孤零零搭建在海邊的倉房、搭建在田中央的倉房……總之，有各式各樣的倉房。只要十五分鐘就燒得一乾二淨。沒有人會傷心難過。就只是——消失了。轟的一聲。」

「不過那是否是沒必要的東西，是由你來判斷的吧。」

「我並沒有下判斷，只是進行觀察而已。就和雨一樣。下雨了，河水上漲，東西被沖走。雨下了什麼判斷嗎？跟你說，我是崇信道德的。沒有道德的人無法存在。我認為，所謂道德，指的是同時存在。」

「同時存在？」

「也就是說，我在這裡，我也在那裡。我在東京，同時我也在突尼斯。出面譴責的是我，予以寬恕的也是我。除此之外還有什麼？」

咔嗟。

「這種看法似乎有些極端。」我說。「這終究只是建立在假設之上。嚴格說來，只提出一個同時這種概念未免太含糊了吧。」

「我知道。這只是憑感覺來表達自己的感覺罷了。但還是就此打住吧。我平常是沉默寡言的，酒一喝話就太多了。」

「喝啤酒嗎？」

「好呀。謝謝。」

我去廚房拿了六罐啤酒、和卡門貝爾起司一同帶回來。我們各喝了三罐啤酒，吃起司。

「你上次燒倉房是什麼時候？」我試著問。

「這個嘛，」他握著空了的罐子稍微想了想。「夏天，八月底。」

「下次打算什麼時候燒？」

「還不知道。又不是排定了日程在月曆做上記號等著。哪天心血來潮就去燒。」

「可是想燒的時候不會正好就有合適的倉房吧？」

「那當然。」他平靜地說。「所以，要事先選好適合燒的才行。」

「準備好庫存啊。」

「沒錯。」

「可以再請教一個問題嗎？」

「請說。」

「下次要燒的倉房，已經選好了嗎？」

他的兩眼之間擠出了皺紋。接著傳來鼻子深深吸氣的聲音。

「是，已經選好了。」

我一言不發，一點一點喝著剩下的啤酒。

「非常棒的倉房。好久沒遇過這麼值得燒的倉房了。事實上，我今天就是來勘查的。」

「意思是，就在這附近囉。」

「很近。」他說。

倉房的話題到此結束。

到了五點他去喚醒戀人，並為突然來訪致歉。儘管他喝了將近二十罐啤酒，臉色上卻完全看不出來。他從後院將跑車開過來。

「倉房的事多注意點。」離別之際我說。

「會的。」他說道。「總之，就在附近。」

「什麼倉房？」她說。

「男人間的話題。」他說。

「得了。」她說。

然後二人便消失了。

我回到客廳，躺到沙發上。桌上杯盤狼藉。我撿起掉在地上的毛呢連帽大衣，蒙著頭沉沉睡去。

睜開眼睛時屋已經全黑了。

七點。

幽藍色的黑暗和嗆鼻的大麻煙味瀰漫在屋內。我仍然躺在沙發上，試著回想學習成果發表會話劇後續的部分，可是已經記不清了。小狐狸最後買到手套了沒？

我從沙發上起來，打開窗子讓空氣對流，然後去廚房煮咖啡喝。

＊

次日，我去書店，買了一份自家所在行政區的地圖。連小巷弄都有的二萬分之一白地圖。我拿著那地圖在自家附近四處繞，在有倉房的地點用鉛筆畫個×記號。花了三天走訪了四公里見方的每一角落。我家在郊區，周遭仍留有許多農家。因此倉房的數量相當多，一共有十六間倉房。

他將要燒的倉房應該就是這其中一間。從他說「就在附近」時的語氣來推測，我相信應該不會超出這個範圍。

隨後我逐一仔細檢查這十六間倉房的狀況。首先將太近住家、和建在塑膠棚溫室旁的倉房排除。接著再剔除貯放著農具和農藥，仍頻繁使用的點。因為我認為他應該不會想燒農具農藥這些東西。

最後剩下五間倉房。五間適合燒的倉房。或者說五間燒掉也不會有影響的倉房。只要十五分鐘就可以燒毀，而且燒毀了大概也不會有人覺得可惜的那類倉房。不過我很難確定他會去燒其中的哪一處。最後就是偏好的問題了。我很想知道他會選擇那五間倉房之中的哪一間。

我攤開地圖，將那五間之外的×記號全都擦掉。然後備妥角尺、曲線尺和分規，規劃出從我家出門將那五間倉房巡視一遍再回到家的最短路線。由於道路沿著河流或丘陵彎來繞去，這項作業相當費工夫。最後計算出路線距離是七點二公里。我測了好幾次，應該沒什麼誤差。

翌日清晨六點，我換上運動服穿著慢跑鞋，試跑一下那路線。因為我每天早晨和傍晚都會各跑六公里，各增加一公里的距離也不是多痛苦的事。一來風景不錯，而且途中雖然有二處平交道，但極少遇到得停下等候的情況。

出門後先到附近大學的運動場繞一圈，然後沿河邊沒什麼人的無鋪面道路跑三公里。途中會經過第一間倉房。接著穿過樹林，向上的緩坡，又一間倉房。因為再往前一點有賽馬用的馬廄，馬匹見了火光或許會稍微受點驚擾。但也就只是這樣，不會有實際損害。

第三和第四間倉房就像一對又老又醜的雙胞胎。相距不到二百公尺。兩者都陳舊、骯髒。如果要燒的話，兩間一起燒掉也好。

最後一間倉房位在平交道旁。約六公里的地點。根本是被完全棄置的倉房，面向鐵道，上面釘著鐵皮製的百事可樂廣告。建築物——不過我並不確定那種東西是否能稱為建築物——幾乎就要垮了。正如他所說的，看起來就像靜靜等著有人去燒。

我在最後那一間倉房前站了一會兒，做了幾個深呼吸後過平交道，回家。三十一分三十秒。還算可以。接著我沖了個澡，吃早餐。然後在開始工作之前望著樟樹聽了張唱片。

一個月裡，我就那麼每天清晨跑一趟相同的路線。可是沒有倉房被燒掉。

有時我會想，說不定他是要讓我去燒倉房。也就是將燒倉房這個意象植入我的腦中，然後像給腳踏車輪胎打氣一樣使之不斷膨脹。我有時的確會想，與其一直等著他去燒，不如索性自己動手劃根火柴點火來燒比較爽利。反正那只是間破舊的倉房而已。

不過那畢竟是我想太多了。現實問題是，我還不至於去燒倉房，要燒倉房的是他。大概是他更換了該燒的倉房吧，或者是太忙而找不出去燒倉房的時間。連她也完全失聯。

十二月到來，秋天結束，清晨的空氣已變得像是會刺入肌膚。倉房依然完好，倉房頂上結了白霜。冬鳥在冰冷的樹林中啪噠啪噠振翅而飛。世界毫無改變繼續轉動。

*

我再次見到他，是去年的十二月中。聖誕節前不久。不論走到哪裡都會聽到聖誕歌曲。我為了給好些人買各種不同的聖誕禮物在街上逛著。為妻子買了灰色的羊駝毛衣、為堂弟買了威利·尼爾森演唱的聖誕歌曲錄音帶、為外甥買了繪本、為女朋友買了鹿造型的橡皮擦，給自己買了綠色的運動衫。右手抱著那些紙包，左手插在毛呢連帽大衣的口袋裡，走到乃木坂一帶時，我看見他的車。是他的銀色跑車不會錯。品川的牌照，左側頭燈旁有一處小刮痕。車停在喫茶店的停車場。我毫不猶豫走進店裡。

店內昏暗，瀰漫著濃濃的咖啡味。聽不到什麼談話聲，巴洛克音樂輕輕播放著。我假裝找位子，四下搜尋他的身影。很快就發現了他。一個人坐在窗邊喝著咖啡歐蕾。儘管店裡熱到眼鏡片都整個泛起白霧，他仍穿著黑色的喀什米爾羊毛外套，圍巾也沒有取下。

我遲疑了一下，決定還是去打招呼。只是沒說在外頭看見他的車。我只是偶然進了這家店，碰巧發現他。

「可以坐坐嗎？」我問。

「當然。請。」他說。

而後我們閒話家常，聊得有一搭沒一搭的。除了原本就沒什麼共同話題外，他看起來心裡似乎正想著什麼其他的事。但是他也並未因我同座而顯得為難。他提到突尼西亞港口的事，接著又聊起在那裡能捕到的蝦。不是應酬，而是認真地談著蝦。可是話題在中途結束，之後就沒再繼續下去。

他招手點了第二杯咖啡歐蕾。

「對了，倉房的事怎麼樣了？」我直截了當問道。

他的嘴角微微一揚。「倉房嗎？當然去燒啦。燒得一乾二淨。就像講好的那樣。」

「在我家附近嗎？」

「沒錯。就在附近。」

「什麼時候？」

「上回去府上拜訪之後，大概過了十天左右。」

我把自己將倉房的位置標在地圖上並每天慢跑二次過去巡視的事情告訴他。

「所以不可能漏掉。」

「相當縝密啊。」他說，一副開心的模樣。「縝密而且合理。不過一定是有所遺漏。這種情況也是有的。因為太過靠近，反而疏忽了。」

「實在是想不通。」

他將領帶調整好，看看手錶。「太過靠近了嘛。」他說。「不過，我得走了。這件事，有機會再慢慢聊好嗎？不好意思，有人在等我。」

我沒理由再留住他。他站起來，將香菸和打火機收進口袋。

「對了，後來還見過她嗎？」他問。

「沒、沒見過。你呢？」

「我也沒見過，也連絡不上。住處找不到人，電話也不通。默劇課也很久沒去了。」

「說不定又突然出門上哪兒去了。以前有過好幾次這種紀錄。」

他雙手插在口袋裡站著，一直望著桌面。「身無分文，可以撐一個半月嗎？而且是十二月喔。」

不知道，我說。

他的手在外套口袋裡彈了好幾次響指。

「我很清楚，她真的是身無分文，也沒有朋友。雖然通訊錄裡寫得密密麻麻，但是那女孩並沒有朋友。喔不，她倒是很信得過你。這可不是客套話。」

他又看看錶。「得走了。有機會再見吧。」

「再見。」我也說。

*

在那之後我又試著打了好幾次電話給她，可是電話一直是被電信局停話中。我不放心，便去她住的公寓大樓查看。她的房門一直關著。因為到處都找不到管理員，也不知她是否仍住在那裡。我從記事本撕下一頁當做便條，寫上「請和我連絡」並留下名字，投進信箱裡。但音訊全無。

當我再次前往那公寓大樓時，那間的房門上已換成別人的名牌了。試著敲了敲門，也無人回應。還是找不到管理員。

於是我放棄了。那是將近一年前的事。

她消失了。

*

每天清晨，我仍然會跑步巡視那五間倉房。我家附近的倉房一間也沒被燒掉，也未曾聽說哪裡有倉房被燒。十二月又到來，冬鳥自空中掠過。我的年紀持續增長。

在夜晚的黑暗中，我偶爾會想著那將要燒毀的倉房。

踊る小人——跳舞的小矮人

小矮人在夢裡出現，問我要不要跳舞。

明知道那是夢，但即使在夢裡我同樣很累，於是以〈不好意思，實在是累了，恐怕跳不動〉為由婉拒。小矮人並沒有因此而不快。小矮人獨自跳著舞。

小矮人將手提唱盤放在地上播放唱片，一邊舞著。許多唱片散落在唱盤四周。播放過的唱片都被小矮人直接隨手一扔並沒裝進封套裡，最後連哪張唱片該收進哪個封套都分不清楚，結果只好隨便亂塞一通。於是《葛倫．米勒樂團》的封套裡裝的是《滾石合唱團》的唱片，拉威爾《達芙尼及克羅伊組曲》的封套裝的卻是《米奇．米勒合唱團》的唱片。

但是小矮人對這種情況似乎毫不在意。小矮人現在正隨著從《吉他音樂名曲集》封套取出的查理．帕克唱片音樂跳著舞。小矮人像風一般舞著。我邊吃葡萄邊欣賞小矮人的舞姿。

小矮人跳出了一身汗。小矮人一擺頭，臉上的汗水就隨之飛散；一揮手，汗水就從指尖灑落。即使如此小矮人仍繼續跳著沒有休息。唱片播完後，我把裝葡萄的盆子擱在地上，過去換了張唱片。小矮人又跳了起來。

「你跳得可真好。」我開了口。「完全應節合拍。」

「謝謝。」小矮人洋洋自得地說。

「你平常都那麼跳嗎？」我試著問。

「差不多。」小矮人說。

接著小矮人踮起腳尖俐落地轉了一圈，濃密的柔軟髮絲隨風飛揚。因為實在是精彩，我忍不住鼓掌。小矮人很有禮貌地一鞠躬，曲子到此結束。小矮人沒繼續跳，取毛巾擦了擦汗。唱針啪啦啪啦在停下的位置空刮著，於是我提起唱針，關掉唱盤。

「說來話長。」小矮人說著瞥了我一眼。「你大概沒什麼時間吧。」

我邊捏著葡萄吃，邊考慮如何回答。雖然時間多得很，但要聽小矮人冗長的經歷未免有些無聊，何況這只是個夢。做夢可夢不了多長時間，說不準什麼時候就中斷了。

「我來自一個北方的國家。」小矮人打了個響指，不待我回答便逕自開始道來。「在北方，沒有人跳舞。沒有人知道如何跳舞。甚至連什麼是跳舞都沒有人知道。可是我想跳舞。想要踏步、揮手、擺頭、旋轉。像這樣。」

小矮人踏步、揮手、擺頭、旋轉。仔細看著才發覺，踏步揮手擺頭及旋轉，就如同光球迸散的時候那樣，一齊由體內噴發出來。雖一個一個都不是什麼高難度的動作，但四個一氣呵成，就變成令人難以置信的優美舞姿。

「我想要像這樣跳舞，所以才來到南方。來到南方後成為舞者，在酒館跳舞。我的舞藝深受好評，也曾在皇帝面前獻藝。那當然是革命之前的事了。革命爆發後，正如你所知，皇帝身亡，我也被逐出城市。後來就在森林裡生活。」

小矮人又走到廣場中央跳起了舞。我放了張唱片。法蘭克．辛納屈的老唱片。小矮人和著辛納屈〈Night and day〉的歌聲邊唱邊跳。我試著想像小矮人御前獻藝時的舞姿。燦爛的水晶吊燈和美麗的宮女，珍稀的水果和禁衛軍的長槍，肥胖的宦官，身披綴滿寶石的長袍的年輕皇帝、揮汗專心跳舞的小矮人……想像著那樣的情景，就覺得遠方隨時傳來革命的砲聲。

小矮人繼續跳著，我仍吃著葡萄。太陽西斜，森林的影子覆蓋大地。如鳥一般大的蝴蝶飛過廣場，消失在森林深處。空氣冷冷的。差不多是該離開的時候了。

「我好像該走了。」我對小矮人說。

小矮人停了下來，默默點頭。

「很高興能欣賞你的舞蹈。謝謝。」我說。

「沒什麼。」小矮人說。

「說不定不會再見面了。保重。」我說。

「不對。」小矮人說著搖搖頭。

「怎麼說？」我問。

「因為你會來這裡。來到這裡，住在森林中，然後日復一日和我一起持續跳舞。你也會漸漸成為高明的舞者。」

啪，小矮人打了個響指。

「為什麼我會住在這裡和你一起跳舞呢？」我訝異地問。

「那是既定的事情。」小矮人說。「已經沒有任何人能夠改變。所以我和你還會有見面的一天。」

小矮人抬頭看著我的臉這麼說。夜色已經如水一般逐漸將小矮人的身體染成藍色。

「再會。」

小矮人說。

然後轉身背向我，又一個人跳起了舞。

醒來時，我是獨自一人。一個人趴在床上，滿身大汗。可以看到窗外的鳥。看起來和平常的鳥不一樣。

我仔細洗臉、刮鬍子，烤麵包，煮咖啡。餵貓、換貓砂，繫上領帶，穿好鞋子。然後搭公車前往工廠，在工廠製作大象。

當然不可能一下子就把大象做好。工廠分為好幾個部門，以不同的顏色來區分。例如我這個月輪調到耳朵部門，所以在天花板和柱子都是黃色的建築物裡工作。安全盔和長褲也都是黃色。我就在那裡一直製作象的耳朵。上個月則是在綠色的建築物裡，頭戴綠色的安全盔、穿著綠色長褲製作象頭。

製作象頭是一件做起來非常有成就感的工作。確實會讓人產生一種自己〈正在展現價值〉的感覺。相較之下製作象的耳朵可就輕鬆了。將材料製成薄片，再加上幾道皺褶就完成了一只。所以我們都把去耳朵製作部門稱為〈放耳朵假〉。放了一個月耳朵假之後，我轉去鼻子製作部門。製作鼻子是必須非常細心的工作。因為若是鼻子不能夠靈活扭動、而且鼻孔不通暢，製作完成的大象就可能會暴怒。製作鼻子非常費神。

在此鄭重聲明，我們並不是從零開始製作出大象的。準確地說，我們是將大象稀釋。也就是抓來一頭象，用鋸子鋸分成耳朵、鼻子、頭、軀幹、腳及尾巴，再巧妙組合出五頭大象。因此完成後的每一頭象只有五分之一是實物，其餘五分之四是人造的。不過這種情況一眼看去是看不出來，連大象自己都不知情。我們製作象的技術就是這麼高明。

至於為何非得如此用人工的方式製作象——或者說加以稀釋——不可，是因為我們比象要著急得多。在自然的情況下，大象四、五年才會生一頭小象。不用說，我們都很喜歡大象，看到大象的這種習慣或者說習性不免萬分著急。於是決定用人為的方法來稀釋大象。

為了避免稀釋後增加的大象被不當利用，完成的象會先批售給象供應公社，在那裡停留半個月接受嚴格的機能檢查。然後在腳底印上公社的標章，再送至叢林野放。我們通常每星期製作十五頭象。在聖誕節前的旺季，機器馬力全開最多可製造出二十五頭大象，但我也覺得十五頭是比較妥當的數字。

之前就提過，耳朵製作部門是象工廠一系列工序中最輕鬆的單位。不費力氣，不必繃緊神經，也不須操作複雜的機器，工作量也少。可以悠哉地做一整天，也可以集中火力在上午完成定額，剩下的時間就算什麼都不做也無妨。

我和搭檔的個性都是不喜歡磨磨蹭蹭做事情的人，所以都將工作集中在上午做完，下午或聊天或看書，或各自去做想做的事。那個下午也一樣，我們將十片加上皺褶的耳朵靠牆排好，然後就坐在地上曬太陽。

我把夢見跳舞的小矮人一事告訴搭檔。因為我清楚記得那夢中情境的一切，所以連無關緊要的細節都一併仔細地說明。語言不足以描述之處就實際以擺頭、揮手、踏步等動作來示範。搭檔邊喝著茶，邊「嗯、嗯」頷首聽我講述。搭檔比我年長五歲，體格魁梧、鬍子濃密、沉默寡言。此外有個雙臂交叉在胸前沉思的習慣。跟長相也有關，雖然乍看之下他一副正認真思考的模樣，但實際並不是那麼回事，多半的情況是片刻之後便霍地直起身子，嘴裡只冒出一句：「棘手啊。」而已。

這回，在聽完我講述夢之後，搭檔一直獨自思考著。因為搭檔思索了相當久，於是我拿起抹布擦拭電動風箱的面板打發這段時間。

一會兒後他和往常一樣霍地直起身子。「棘手啊。」他說道，「小矮人，跳舞的小矮人……棘手啊。」

因為我也和往常一樣並沒有指望得到什麼像樣的回答，所以並不怎麼失望。我將電動風箱歸位，喝口已經不燙了的茶。

但是搭檔很罕見的又陷入長考。

「怎麼了？」我問。

「我以前好像在哪裡聽過小矮人的事。」他說。

「耶。」我有點訝異。

「是有印象，但想不起來是在哪裡聽的了。」

「請仔細想想。」

「嗯。」搭檔說著又思索了好半晌。

待他好不容易想起小矮人的事，已經是三小時之後，將近傍晚的下班時間了。

「對了！」他說。「沒錯，我終於想起來了。」

「好極了。」我說。

「第六工程所不是有個負責植毛的老爹嘛。就是那個全白的頭髮耷拉到肩膀，牙齒沒剩幾顆的老爹。喏，聽說革命之前就在這間工廠做事的那個……」

「喔。」我說。以前曾經在酒館見過幾次那老人。

「很久以前那個老爹跟我說過小矮人的故事。很會跳舞的小矮人。當時覺得那八成只是老人家在胡說八道，沒怎麼當一回事，可是聽你那麼一說，似乎並不全是無稽之談。」

「他說了些什麼？」我試著問。

「這個嘛，都已經過了那麼久……」他雙臂交叉在胸前，又陷入沉思。可是沒再想出更多東西。他隨即霍地直起身子。「哎，想不起來。」他說。「你還是去找老爹，實際聽他說比較好。」

我決定就這麼辦。

下班的鈴聲一響，我立刻前往第六工程所，可是老人已經不在了。只有兩個女孩正在掃地。較瘦的女孩告訴我：「要找老爹的話，八成在那家老酒館吧。」去酒館一看，老人果然在那裡。他坐在吧檯前的椅子上，便當袋擱在一旁，腰桿子挺直喝著酒。

這是間非常老的酒館。非常非常老。在我出生之前，在革命發生之前，酒館就在這裡了。幾代以來，象工人都在這裡喝酒、玩撲克牌、唱歌。牆壁上掛著成排象工廠昔日的照片。有第一任廠長檢查象牙的照片、很久很久以前的女電影明星來工廠訪問時的照片、夏日晚會的照片，諸如此類。但是拍攝到皇帝或是其他皇族的照片、或是被視為與「帝政」有關的照片，全都被革命軍燒掉了。理所當然的，也有革命時的照片。革命軍占領象工廠的照片、廠長被革命軍吊起來的照片……

老人坐在題名為〈磨象牙的三名少年工〉的泛黃老照片下方喝著麥卡托酒。我打了聲招呼剛在旁邊坐下，老人便指著照片說：

「那個是我。」

我目不轉睛望著那照片。一起磨著象牙的三個人中最右邊那個十二、三歲的少年，看起來像是老人小時候的模樣。如果不說的話絕對不會發覺，但這麼一說，那尖尖的鼻子和薄薄的唇就是特徵。看來老人總會坐在照片下的這個位子，每次見到陌生的客人來到店裡都會告訴對方：「那個是我。」

「好像是很久以前的照片喔。」我順著話說。

「在革命前，」老人一副那不算什麼的模樣說道。「在革命前我也是那樣的小孩子。人都會老。轉眼間你也會和我一樣。好好等著吧。」

說著，老人張開那缺了將近一半牙的嘴，噴著唾沫嚇嚇大笑。

老人接著講了好些革命時期的往事。不論是皇帝或革命軍，老人都討厭。我先讓他說了一會兒，然後找了個適當時機請他喝杯麥卡托酒，便單刀直入請教是否知道些什麼關於跳舞小矮人的事情。

「跳舞的小矮人啊。」老人說。「想知道跳舞小矮人的事？」

「很想知道。」我說。

老人用銳利的眼神直視我的眼睛。「又是為什麼？」

「輾轉聽人說過，覺得很有意思。」我扯了個謊。

老人仍緊盯著我的眼睛，但隨即恢復成酒醉時特有的渙散眼神。

「好吧。」他說。「既然你也請了杯酒，我就說說吧。只不過，」老人說著在我面前豎起一根手指。「不准跟別人說。雖然革命之後已經過了漫長的歲月，但唯獨跳舞小矮人的事，即使到了今天仍然不得在人前提起。不准跟別人講，也不能提到我的名字。明白嗎？」

「我明白。」

「再幫我叫酒。咱們換去單桌吧。」

我叫了兩杯麥卡托酒並移往單桌，以免談話被酒保聽到。桌上有盞大象造型的綠色檯燈。

「小矮人從北方的國家來到這裡，是在革命之前的事。」老人說道。「小矮人的舞藝高超。不，不止是高超。那簡直可說是舞蹈的代名詞。任何人都模仿不來。風、光、氣味、影子，一切都聚在一起，從小矮人體內迸射出來。小矮人就是能夠做到這一點。那實在……實在太了不起了。」

老人僅存的幾顆前齒喀喀碰著玻璃杯。

「你親眼看過那舞蹈嗎？」我試著問。

「問我看過嗎？」老人盯著我的臉，然後雙手放在桌上，十指完全張開。「當然看過。每天都看哪。每天，就在這裡。」

「在這裡？」

「沒錯。」老人說。「就是在這裡。小矮人每天都在這裡跳舞。在革命之前。」

據老人所述，身無分文流浪到本國的小矮人躲進這間象工廠工人群聚的酒館當個雜工，後來跳舞的本事獲得認可，於是被聘為舞者。由於工人們期望的是年輕女孩來跳舞，起初不免對小矮人的舞蹈有諸多不滿，但漸漸大家都變得安安靜靜，拿著酒杯出神地欣賞小矮人的舞蹈。小矮人的舞和其他任何人的舞都不一樣。簡單說，小矮人的舞能將觀眾心中平常使用不到，甚至自身都不曾發現有其存在的情感整個——就如同清除魚的內臟一樣——攤在陽光下。

小矮人在這間酒館跳了大約半年舞。酒館裡總是高朋滿座。全都是來看小矮人跳舞的客人。小矮人的舞，會令觀眾沉浸在無比的幸福之中，或發出無限的悲歎。小矮人就是在那時期掌握了以舞蹈作為一種隨意操控人們情感的手段。

跳舞的小矮人的事情終於傳到領地就在附近，而且與象工廠關係匪淺的貴族團長——他日後遭革命軍逮捕，被活生生塞進明膠桶中——耳裡，又經由貴族團長傳到年輕皇帝的耳朵裡。喜愛音樂的皇帝表示無論如何都要看到小矮人的舞。於是派遣飾有皇室徽章的垂直誘導船前往酒館，由近衛軍恭敬地將小矮人帶去宮廷。酒館老闆則是獲得了不僅是充分的充分賞賜。儘管酒館的客人抱怨連連，但是再怎麼向皇帝抱怨也無濟於事。他們只能無奈地喝著啤酒和麥卡托酒，又和以前一樣看年輕女孩跳舞。

另一方面，小矮人被分派到宮廷的一個房間，在那裡由宮女清洗身體，換上絲綢衣物，並學習御前應有的禮儀。第二天晚上，小矮人被帶到宮中大廳。已在大廳等候的皇帝直屬交響樂團開始演奏皇帝作曲的波卡舞曲。小矮人隨著波卡舞曲起舞。起初像是要讓身體適應音樂般跳得很慢，而後開始逐漸加速，不久小矮人便有如旋風般舞著。人人屏息凝神緊盯小矮人。所有人都張口結舌說不出話來。有幾名貴婦當場昏倒。皇帝手中盛著金粉酒的水晶杯都不由自主掉落在地上，但竟然沒有任何人注意到那破碎聲。

說到這裡，老人將手中的酒杯放桌上，用手背抹了抹嘴。接著用指頭撥弄大象造型的檯燈。我靜待老人說下去，但老人好半晌都沒開口。我招來酒保，又點了啤酒和麥卡托酒。店裡的客人漸漸多了起來，一個年輕的女歌手正在舞台上為吉他調音。

「後來呢？」我問。

「喔。」老人像是突然想起似的說道。「爆發了革命，皇帝被殺，小矮人逃走了。」

我手肘支在桌上，捧著啤酒杯喝了些，看著老人的臉。「小矮人進宮之後沒多久就爆發革命了嗎？」

「是啊，大概一年吧。」老人說著打了個大嗝。

「我不太明白。」我說道。「剛才你說不准在人前提起小矮人的事，是為什麼呢？難道小矮人和革命之間有什麼關係嗎？」

「這個嘛，我也不清楚。能確定的就只有一點，那就是革命軍一直拚了命搜尋小矮人的下落。自那之後已經過了這麼多年，革命早就成了陳年往事，可是他們卻還在搜尋小矮人。可是小矮人和革命之間究竟有何關係就不得而知了。只有一個傳聞。」

「什麼樣的傳聞？」

老人面露猶豫之色。「傳聞終究只是傳聞，沒人知道真相。但根據傳聞，小矮人在宮中使用了不當的力量。所以也有人主張革命就是因此而爆發。小矮人的事情，我知道的就只有這些。想了解更多我也無能為力。」

老人咻地歎了一口氣，一口喝乾杯裡的酒。桃紅色的液體自嘴角淌出，緩緩滑下滴在襯衫上。

之後我沒再夢見小矮人。我每天去象工廠，持續製作耳朵。先用蒸氣將耳朵軟化，再用鍛鎚打扁使之延展，然後裁切，加入添加物使之增量為五倍，經過乾燥後再做出皺紋。午休時我和搭檔吃著便當，邊聊第八工程所新來的年輕女孩。

在象工廠做事的女孩相當多。她們主要負責接合神經系統、縫合、掃除之類的工作。有空的時候，我們會聊女孩子。女孩們有空的時候也會聊我們。

「那個女孩超正的。」搭檔說。「每個人看到她都會行注目禮。可是還沒人能追到手。」

「真有那麼正？」我不免懷疑。因為以前就有過好幾次聽到傳聞特地跑去一看，實際卻不怎麼樣的例子。這類傳聞大概沒一個靠得住。

「不騙你。不信的話現在過去瞧瞧不就得了。反正沒事。」搭檔說。

雖然午休已經結束，但我們這部門照例閒著沒事，於是我捏造了個名目去第八工程所一探究竟。要去第八工程所必須穿過一座很長的地下隧道。隧道入口處有守衛，因為我是熟面孔，二話不說就放行。

出了隧道有一條河，往下游不遠處就是第八工程所的建築物。屋頂和煙囪都是粉紅。第八工程所負責製作象足。因為我四個月前在這裡工作，情況瞭若指掌。可是站在門口的警衛是個沒見過的生面孔。

「什麼事？」那生面孔警衛說。

「神經線材不夠用，來這裡借。」我說著清了清嗓子。

「奇怪了。」他打量我的制服說道。「耳部和腿部的神經線材應該是不能替用的吧？」

「說來話長。原本我去找鼻部，可是鼻部沒有多餘的線材可借。可是他們正因為腿部用線材短缺而傷腦筋，說如果能幫忙調到一條的話，就可以先讓條細的給我。跟這裡聯絡之後說是有多的，要我過來拿，所以才來的。」

「可是我沒聽說有這回事。」

「真是的。明明跟裡面的人說過要聯繫好的。」

警衛嘟囔了幾句，最後還是讓我進去。

第八工程所——也就是腿部作業區——是一座空曠的扁平建築。一半在地下，呈細長形，腳下是乾燥的砂地。大約在眼睛的高度是外頭的地面，設有採光的窄窗。天花板滿布滑軌，下方垂吊著數十條象腿。看起來彷彿有一群大象自空中飄落。

作業區共有約三十名男女正在工作。建築物內有些昏暗，人人戴著帽子、口罩、護目鏡，根本看不出新來的女孩在哪裡。我認出其中一人是以前的同事，便向他打聽新來的女孩在哪兒。

「第十五號臺，正在裝腳趾那個。」他告訴我。「不過如果想追她，最好是死了那條心。她硬得跟龜甲石似的。」

「謝謝。」我說。

在十五號臺裝趾甲的女孩非常苗條，看上去就像是從中世紀繪畫中走出來的少年。

「打擾一下。」我打聲招呼。她看看我的臉、我的制服、我的腳下，又看看我的臉。然後脫掉帽子，摘下護目鏡。她的確非常美。捲曲的長髮，如海一般深邃的眼眸。

「什麼事？」女孩說。

「明天星期六，晚上如果有空的話，要不要去跳舞？」我試著約她。

「明天晚上是有空，也打算去跳舞，但不跟你去。」她說。

「跟別人約好了嗎？」我問。

「什麼約也沒有。」她說。然後又戴好帽子、護目鏡，拿起桌上的大象趾甲，測量腳尖的尺寸。趾甲略微寬了些，於是她拿起鑿子開始刻削。

「沒跟人約的話就和我一起去吧。」我說。「我還知道一家很不錯的館子。」

「不用費心了。我想一個人去跳舞。如果你也想跳的話，自己去就好。」

「我會去的。」我說。

「隨便你。」她說。

她將用鑿子修過的趾甲放在腳尖的凹陷處。這回大小剛剛好。

「不像個新手嘛。」我說。

她對此沒有任何反應。

那一夜，小矮人又在夢裡出現。小矮人坐在森林廣場中央一段圓木上抽菸。這回沒有唱盤也沒有唱片。小矮人一臉倦容，看起來比第一次見面時老了一些，即使如此也根本不像是出生在革命前的老人。感覺上頂多比我大個二、三歲，但或許小矮人的年紀本來就很難弄清楚吧。

反正我也沒什麼事要做，便在小矮人附近蹓躂，抬頭看看天空，然後在小矮人身旁坐下。天空陰沉沉的，烏雲往西飄去。何時要下雨都不足為奇的天氣。小矮人應該是把唱盤和唱片收到不會被雨淋濕的地方去了。

「嗨。」我向小矮人打招呼。

「嗨。」小矮人回應。

「今天不跳舞喔？」我問。

「今天不跳。」小矮人說。

不跳舞時的小矮人顯得非常虛弱、令人同情。完全看不出曾是宮廷中位尊權重那一類的人物。

「身體不好嗎？」我試著問。

「嗯。」小矮人說。「心情不太好。因為森林裡太冷了。獨自一人在裡面住久了，很多東西都會對身體造成影響。」

「真辛苦啊。」我說。

「我需要活力，要讓身體充滿新的活力。讓我能夠不停跳舞、淋了雨也不會感冒、能夠在山野中奔馳的新活力。那是不可少的。」

「嗯。」我說。

我和小矮人同坐在圓木上，一時間都沒說話。上方高處，樹梢在風中作響。樹幹間偶爾可見巨大的蝴蝶忽隱忽現。

「對了，」小矮人說道，「你是不是有事要拜託我？」

「拜託你？」我訝異地反問，「拜託什麼？」

小矮人撿起一根樹枝，用枝梢在地上畫著星星。「女孩子的事情啊。你不是想要得到那女孩嗎？」

說的是第八工程所那個美女。雖然不明白小矮人為何會知道那女孩的事，但即然是在夢裡，什麼事都有可能發生。

「想是想，不過這種事找你也成不了事吧。只能靠自己去想辦法。」

「靠你自己可不管用。」

「是嗎？」我有點火了。

「沒錯。一點用也沒有。不管你再怎麼生氣，沒用就是沒用。」小矮人說。

或許真是如此，我心裡想。不論從哪方面來看我都只是個普通人，口才也不好，又沒有錢。要打動那樣的美女確實不太可能。

「不過我稍微幫你一下也許就有機會了。」小矮人低聲說道。

「怎麼幫？」我在好奇心的驅使下試著問。

「跳舞啊，那女孩喜歡跳舞。所以，只要你能在她面前把舞跳好，人就已經算是你的了。接下來你就只要站在樹下等著果子自行落下就好。」

「你要教我跳舞嗎？」

「教你也可以。」小矮人說。「可是只教個一、兩天，根本就沒什麼用。每天密集訓練，至少也要半年。沒有經過那種程度的練習就跳不出能打動人心的舞。」

我失望地搖搖頭。「沒那麼多時間了。等上半年，她早被別人追走了。」

「什麼時候要跳舞？」

「明天。」我說。「明天周末夜，她會去舞場跳舞。我也會去。要在那裡邀她跳舞。」

小矮人用樹枝在地上畫了好幾條直線，又在之間畫上橫線，構成一幅奇妙的圖形。我默默一直看著小矮人的手部動作。不久後小矮人將變短的香菸吐在地上，用腳踩熄。

「辦法也不是沒有。如果你真想要那女孩的話。」

「我想要。」我說。

「想知道是什麼辦法嗎？」小矮人說。

「告訴我。」我說。

「我進入你的身體裡，借用你的身體跳舞。你的身體看起來挺好，氣力也夠。應該沒問題。」

「身體方面我可不會輸給任何人。」我說道。「可是這種事真做得到嗎？進入我的身體去跳舞？」

「可以。這麼一來，那女孩就已經是你的囊中之物了。而後便萬事大吉。」

我用舌尖舔了舔嘴唇。事情未免太容易了。小矮人一旦進入我的身體之後就再也不出去，結果我的身體就被小矮人奪走，這種事也是非常可能發生的。再怎麼想和女孩上床，我也絕對不要落得那種下場。

「不放心啊，老弟？」小矮人說，彷彿看穿了我的心。「怕身體被奪走嗎？」

「因為聽過不少關於你的傳聞。」我說。

「不好的傳聞吧。」小矮人說。

「嗯，沒錯。」我說。

小矮人一副了然於心的表情微微一笑。「不過你不必擔心。就算是我也沒那麼容易就永遠占據他人的身體。必須簽定契約才能辦到。換句話說，必須雙方都同意才行。你也不願意身體被別人永遠霸占吧？」

「那當然。」我回答，同時打了個寒戰。

「可是呢，要我無償去幫你追女孩子也未免太無趣了。所以，」小矮人豎起一根手指。「我有一個條件。並不是多難的條件，但是得有個條件。」

「什麼條件？」

「我進入你的身體。然後去舞場邀那女孩，藉跳舞勾引她。接下來你就可以占有那女孩，那段時間你一句話也不能說，連發出聲音都不可以。直到你完全拿下那女孩。」

「可是，不開口沒辦法泡妞啊。」我抗議。

「不，不。」小矮人搖搖頭。「不必擔心。只要靠我的舞，即使不開口，不論什麼樣女人都可以手到擒來。不必擔心。所以自一腳踏入舞場開始到拿下那女孩，都絕對不可以出聲。明白了嗎？」

「如果出聲了呢？」我試著問。

「那時我就接收你的身體。」小矮人若無其事地說。

「如果都沒出聲順利完成的話呢？」

「女人是你的。我離開你的身體回森林去。」

我深深歎了口氣，仔細考量該怎麼辦才好。這段時間小矮人仍拿著樹枝在地上畫著古怪的圖形。一隻蝴蝶飛來，停在圖形的正中央。

「來吧。」我說。「我決定試試。」

「就這麼說定了。」小矮人說。

舞場位在象工廠正門的旁邊，每逢周末的夜晚，舞池裡就擠滿了象工廠的年輕職工和女孩子。我撥開人群尋找她的蹤影。

〈好懷念哪。〉小矮人在我的體內非常感慨地說。〈跳舞就應該是這樣。群眾、酒、燈光、汗水味、女孩子化妝水的氣味，真令人懷念啊。〉

幾個熟人見著拍拍我的肩膀打招呼。我也以微笑回應，但什麼話都沒說。不多久管弦樂團開始演奏，可是仍未發現她的芳蹤。

〈別著急。夜還長得很。〉小矮人說。

舞池呈圓形，由動力驅動緩緩旋轉。周圍設了座位區包圍著舞池。挑高的天花板垂掛著大型吊燈，仔細清潔過的舞池地板宛如浮冰般閃閃反射著燈光。舞池邊像是體育場看臺那樣一級一級高升，上面有樂團演奏臺。演奏臺上安排了兩組滿編制管弦樂團，每半小時輪替一次，整晚毫無間斷地演奏華麗的跳舞音樂。右側的樂團有豪華的雙套鼓，團員的胸前都別著紅色的象徵章。左側樂團的賣點是一字排開的十支長號，這邊別的是綠色象徵章。

我在座位區坐下並點了啤酒，鬆開領帶，點根菸來抽。〈帥哥，跳支舞吧。〉計費的伴舞女郎，輪番來到桌邊相邀，但我都沒有理會。我托著下巴，邊用啤酒潤著喉嚨邊等她出現。但一個小時過去，她仍未現身。華爾滋、狐步、鬥鼓、小號的高音徒然自舞池流過。或許她壓根兒沒打算來這裡跳舞，只是要我而已。我有這種感覺。

〈放心。〉小矮人低聲說。〈絕對會來的，沉著一點。〉

她出現在舞場入口時，時針已繞過九點。她穿著閃亮的貼身連衣裙，足蹬黑色高跟鞋。她的光芒和性感令整個舞場黯然失色。好幾個眼尖的年輕男子發現她的身影紛紛上前爭著當護花使者，但被她一抬臂輕輕擋開。

我慢慢喝著啤酒，眼睛一邊追蹤她的動向。她在隔著舞池的那一側的桌邊坐下，點了杯帶紅色的雞尾酒，點了根細長的香菸。雞尾酒幾乎是一口未沾。她抽完一根菸後將菸頭捻熄，然後站起來，以有如走向跳水臺的姿勢緩緩走進舞池。

她沒有舞伴，一人獨舞。管弦樂團奏著探戈。她的探戈非常精彩。在一旁看著令人為之神魂顛倒。她一彎腰，長而捲曲的黑髮便如風般在舞池上飛揚，修長白皙的手指流暢地撥弄空氣琴弦。她毫無顧慮，獨自一人，為自己而跳。凝神看著，彷彿置身於夢境的延續之中。這令我的腦袋有些混亂。如果我是為了一個夢而利用了另一個夢，那麼真正的我究竟身在何處呢？

〈那女孩跳得真好。〉小矮人說。〈若是與她共舞，的確值得一跳。差不多該下場了吧？〉

我幾乎是在無意識的狀況下從桌旁起身，朝舞池走去。接著我推開好幾個男人走上前，在她身旁站定，啪一聲併攏鞋跟，向眾人表示將開始跳舞。她邊跳舞邊瞥了我一眼。我報以微笑。她沒有回應，一個人繼續舞著。

開始時，我跳得很慢。而後一點一點逐漸加速，最後動作有如旋風。我的身體已經不是我的。我的手、腳和頭，都和我的思考脫離了關係，在舞池裡無拘無束地起舞。在將身體交由那舞蹈任意擺布的同時，我可以清楚感受到行星的運行、潮汐的漲落、及風的流動。我覺得所謂跳舞就是這麼回事。我踏步、揮手、擺頭、旋轉。一個迴旋，白色光球就在腦袋裡迸射開來。

女孩瞥了我一眼。她配合著我旋轉、踏步。我感覺得到，她的體內也有迸射的光。我覺得非常幸福。有生以來我第一次有這種感覺。

〈如何？比在象工廠裡做工快樂得多吧。〉小矮人說。

我什麼也沒有回答。口中乾巴巴的，即使想出聲都辦不到。

我們持續跳了好幾個小時。我主導，她配合。時間彷彿化為永恆。終於，她停下腳步，一副筋疲力竭的模樣抓住我的手肘。我也——或者應該說是小矮人也——停下不跳了。在舞池中央，我們就這麼怔怔站著凝望彼此的臉。她彎下腰，脫掉黑色高跟鞋拎在手上，然後又看著我的臉。

我們離開舞場，沿著河走。因為我沒有車，只得一直步行。走著走著終於來到一處和緩的上坡，周遭瀰漫著在夜間開放的白花的香氣。回頭望去，黑乎乎的工廠建築在眼下展開。黃色的光和管弦樂團演奏的動感曲目自舞場溢出如花粉般散落在四周。風輕輕地吹，月色在她的秀髮上投放出潤澤的光。

她和我都完全沒有開口。跳過舞後，已經沒有必要再說什麼。她就像由人領路的盲人般始終抓著我的手肘。

上了坡之後有一片大草原。草原被松林包圍，看起來有如靜謐的湖。高度齊腰青草茂盛如一，在夜風中似跳舞般搖曳。四下裡有發亮的花朵冒出頭，召喚著小蟲。

我摟著她的肩走到草原中央，一言不發便將她撲倒。「你還真是沉默寡言哪。」她笑著說，然後將高跟鞋隨手一扔，雙臂環住我的脖子。我吻了她的唇之後挪開身子，再次望著她的臉。她的美有如夢幻。我自己都不敢相信，竟然能這樣得到她。她閉上眼睛，似乎在等待我的吻。

就在這時，她的容貌出現了變化。起初是有肥肥軟軟的東西從鼻孔爬出來。是蛆，前所未見的大蛆。蛆不斷從兩側的鼻腔鑽出，周遭突然瀰漫著令人反胃的屍臭味。蛆從她的唇邊滾落到喉嚨，有的則是爬過眼睛鑽進頭髮裡。鼻子的皮膚軟爛地翻開，底下腐爛的肉黏糊糊地向外擴展，隨即只剩下兩個黑黑的洞。成群的蛆仍從那裡爬出，全身沾滿腐肉。

雙眼冒出了膿水。眼球受到膿水擠壓，不自然地抽動了二、三下，接著便緩緩自臉頰兩側滑落。留下的空洞中聚著一團像是白色線球的蛆。腐壞的腦子也被蛆包圍。舌頭像條巨大的蛞蝓耷拉在嘴邊，旋即潰爛掉落。牙齦逐漸融解，白色的牙齒一顆顆掉下來。最後整張嘴都銷蝕剝落。血從髮根冒了出來，頭髮紛紛脫落。一條條的蛆咬破濕黏的頭皮從底下竄出。即使如此，她環繞到我身後的雙臂卻絲毫沒有放鬆。我無法掙脫她的雙臂，也無法把臉別開，甚至連閉上眼睛都辦不到。胃裡的東西湧上喉頭，可是我想吐也吐不出來。只覺得全身的皮膚好像翻了個面。耳邊傳來小矮人的笑聲。

女孩臉上各處仍不斷消融。肌肉不知怎地好像扭曲變形，顳顎關節滑脫完全打開，糊狀的肉和膿、蛆組成的團塊猛地向四周噴濺。

我深吸了一口氣想要大叫。希望有人，不論是誰都好，能把我從這地獄裡拉出來。但結果我並沒有叫。我幾乎是本能地想到，這種事

情不可能真的發生。我有這種感覺。這只不過是小矮人玩的障眼法。小矮人企圖讓我出聲。一旦發出聲音，我的身體就永遠歸小矮人所有。而那正是小矮人的目的。

想通了之後我閉上眼睛。這回我可以毫無困難地立刻閉上眼睛。一閉上眼睛，我便聽到風吹過草原的聲音。可以感覺到女孩的手指使勁抓住我的背。我毅然摟住女孩拉向自己，朝那腐爛的肉團上，應該曾經是嘴唇的部位親吻下去。黏糊糊的肉片和群聚的蛆碰觸到我的臉，難以忍受的屍臭竄入我的鼻腔。但那只是轉瞬間的事。睜張眼睛時，我正和原本的美人兒接吻。柔和的月光，為她桃紅的臉頰添了顏色。我明白自己戰勝了小矮人。因為我終於沒有發出任何聲音，澈底完成了一切。

「你贏啦。」小矮人說，聲音聽來極為疲憊。「女人是你的了。」

我走。」

接著小矮人便脫離我的身體。

「不過事情還沒完。」小矮人繼續說道。「你可以一再獲勝。但失敗只有一次。一旦輸了，一切就都結束。而且你總有一天會輸。到時你就完蛋啦。記著，我會一直等待那一天到來。」

「為什麼一定要找上我？」我朝小矮人大喊。「為什麼不去找別人？」

但小矮人並沒有回答。只是笑著。小矮人的笑聲在四周迴盪，片刻後被風吹散。

到頭來，事情正如小矮人所言。眼下，我正遭全國警察機構通緝。某個在舞場見到我跳舞的人——說不定是那個老人——向有關當局指控，說跳舞的小矮人藉我的身體去跳舞。警察除了監視我的生活狀況之外，還把我身邊的人一個個找去仔細盤問。我的搭檔供稱我曾經提過小矮人的事情。於是對我開出拘票。大批警力包圍了工廠。第八工程所的美女悄悄來到我工作的地方通風報信。我飛奔而出衝進收容完成的大象的水池，騎上其中一頭逃進森林裡。途中踩死了好幾個警察。

就這樣，從這片森林到那片森林，從這座山到那座山，我已經逃亡了將近一個月。靠堅果、昆蟲、和河水來保命。但警察太多了。他們遲早會抓到我吧。據說他們抓到我之後，會以革命的名義將我綁上絞盤行車裂之刑。事情就是這樣。

小矮人每晚都在夢裡出現，要我把身體讓給他。

「總比被警察抓去五馬分屍要好。」小矮人說。

「代價就是得永遠在森林裡一直跳舞對吧？」我問。

「沒錯。」小矮人說。「要選哪個你自己決定吧。」

小矮人說著不懷好意地笑了。可是哪個我都不能選。

我聽見狗叫聲。好幾隻狗的叫聲。牠們就快找來這裡了。

めくらやなぎと眠る女——盲柳與睡女

挺直脊背閉上眼睛，便可感受到風的氣息。帶有水果般鼓脹感的風。有著粗糙的果皮、多汁的果肉，及一粒粒的種子。一旦果肉在空中碎裂，種子便化為柔軟的霰彈，打入我裸露的手臂，而後留下隱約的痛。

許久不曾對風有這樣的感覺了。長期待在東京，我已經完全忘記五月的風所擁有的那份奇妙的鮮活。即便是對某種疼痛的感觸，人都會遺忘。即便嵌入肌膚的異物滲入骨髓的那種冷，也全都會遺忘。

我原本想就那風——在初夏吹過這片坡地，豐饒的風——向表弟解說一番，但最後還是作罷。他才十四歲，從不曾離開過這塊土地。要對不曾經歷過失去的人說明失去的東西是不可能的。我伸伸懶腰，轉轉脖子。昨天一個人喝威士忌喝到很晚，腦袋中央還隱約殘留著像是肉芽的東西。

「欸，現在幾點？」表弟問我。表弟的身高和我差了將近二十公分，所以跟我說話時往往得仰頭看著我。

瞥了眼手錶，「十時二十。」我回答。

表弟抓住我的左手臂拉到自己面前，直接看錶盤確認。只是從反方向看液晶數字比較費事。他一鬆手，我不禁有些擔心便又看了一次手錶，是十點二十分沒錯。

「手錶，準嗎？」表弟問。

「很準。」我說。

他又把我的手腕拉過去看看手錶。他的手指細嫩，卻比看起來有力。

「欸，這貴嗎？」他問。

「不貴。是便宜貨。」我說。

沒有回應。望向表弟，只見他微張著嘴，仰頭怔怔看著我的臉。雙唇之間露出潔白的牙齒，看起來像是退化了的骨頭。

「便宜貨啦。」我朝表弟的左耳重複了一次。「雖然是便宜貨，可是準得很。」

表弟嗯了一聲點點頭，閉上嘴。我從口袋掏出香菸用打火機點著。表弟的右耳不好。剛入小學的時候，右耳被球砸到，之後愈來愈聽不見了。並不是完全聽不見，而是只能隱約聽見。有的時候可以聽得較清楚些，有的時候不行。後來甚至有時兩邊耳朵都完全聽不見，只是極少發生。根據他的母親，也就是我父親的妹妹表示，這屬於精神官能症。如果神經平均分派到雙耳，右側的沉默會不時壓制左側的聲音。於是沉默便像油一樣覆蓋了五感。

有時我不免會想，他的重聽恐怕是精神方面的問題，而不是由外傷所造成。不過我當然是不知道原因究竟為何。即使是這八年來他看過的那些醫生也都不知道。

「手錶啊，也不是貴的就比較準喔。」表弟說。「我以前一直戴著一只很貴的手錶，總是走不準。後來弄丟了。」

「喔。」我說。

「錶帶的金屬零件有點鬆，不知道什麼脫落了，錶就掉了。等我發現時手上已經空了。」

他忽地抬起左手腕。

「買了不到一年就弄丟，就不再買給我了，後來一直都沒手錶。」

「沒有手錶很不方便吧？」我嘴角叼著菸問。

「什麼？」表弟說。

「會不方便嗎？」我把菸拿在手上又問一次。

「也不會。」表弟說。「沒遇過什麼特別麻煩的情況。當然也不是說完全沒有困擾，但又不是住在山裡面，想知道時間總有人可以問。何況是我自己弄丟的。是吧？」

「說得也是。」我笑著說。

「現在幾分？」表弟問。

「二十六分。」我說。

「公車幾分會來？」

「三十一分。」我回答。

他沉默了一會兒。我在這空檔把菸抽完。

「出門戴了只不準手錶其實也很累人的。甚至有時還覺得不如不戴。」表弟說。「當然我可不是故意弄丟的。」

「嗯。」我說。

表弟又沉默了。

我也知道，自己應該更親切一些和他多聊聊。可是我不曉得到底要聊些什麼才好。我們已經三年沒見了。這三年間，他從十一歲變成十四歲，我則從二十二歲變成二十五歲。而我逐一回想這三年間自己身上發生的事，好像沒有哪件是可以對這少年說的。即使有什麼事情得說，舌頭也會突然打結。每當我忽然語塞時，少年就會一臉難過的模樣望著我。而且總會把左邊的耳朵朝向我。見到表弟的這種表情，連我都會有種自己不知該如何是好的感覺。

「現在幾分？」表弟問。

「二十九分。」我說。

公車在十點三十二分靠站。

與我高中時通學搭的這一路公車相比，車型已變得相當新。前擋風玻璃非常大，看起來就像是拆除了機翼的大型轟炸機。為了避免出錯，我再次確認車上標示的路線數字和起訖站。很好，沒弄錯。公車呿地吐了口氣停下，後方的自動門打開。原本認為會開前門的我和表弟只得匆匆趕赴後方，登上階梯。時隔七年，真的改變很多。

車上的乘客比想像的多。雖然沒有人站著，但也沒有讓我倆坐在一起的空位。於是我們決定站著。這段路程站著也不會累。不過我還是第一次看到這個時段的這路公車上有這麼多乘客。這路公車是由民營鐵路的車站發車，繞行高地的住宅區一圈再回到同一車站，沿途並沒有什麼特別的東西，除了早晚的尖峰時段之外，一般頂多兩、三名乘客。

但那畢竟只是我讀高中時的事情。大概是有什麼原因使得交通狀況有所改變吧。所以連上午十一點公車也幾乎坐滿了。不過反正都跟我沒有關係。

我和表弟站在車廂的最後面，各抓著吊環和扶桿。車廂內裝相當新，好像剛出廠的一樣。金屬部分沒有絲毫氧化痕跡，座椅的絨布也乾淨，空氣中明顯有股新設備特有的氣味。大致觀察過車內之後，我望了望兩側的車廂廣告。全都是喜宴會場、中古車行、家具店之類的地區性廣告。光是喜宴會場的廣告就有五張。其他還有婚姻介紹所及服飾出租店的廣告各一張。

表弟又抓住我的左手看錶。我實在不懂他為何如此在意時間。因為根本不用急。醫院的預約時間是十一點十五分，照目前的情況來看大概會早到將近三十分鐘。如果可以的話倒還想把時間轉快些。

不過我還是將錶盤朝向表弟，讓他看個夠。然後縮回手臂，查看貼在駕駛座後面的票價表、準備零錢。

「一百四十圓。」表弟幫忙確認。「到醫院那一站對吧？」

「沒錯。」我說。

「有零錢嗎？」他擔心地問。

我將手中的零錢嘩啦交給表弟。表弟將百圓、五十圓和拾圓硬幣仔細分開計算。然後確定正好是二百八十圓。「有二百八十圓喲。」他說。

「拿好。」我說。他點點頭，零錢用左手握著。我接著持續望著窗外的風景好一會兒。一幕幕熟悉而令人懷念的風景。雖然其中也不時出現全新的公寓大廈、連棟別墅或餐廳等，但整體而言街頭風景的改變遠比想像來得和緩。表弟和我一樣望著車外的風景，但他的視線卻像探照燈一樣飄來移去定不下來。

公車連續三個站都沒停，這時我突然發覺車內瀰漫著一種奇妙的氣氛。第一個引起我注意的是，談話的聲音。談話聲的音調不知怎地異常平板。並沒多少乘客同時一齊說話，嗓門也沒有多大，可是眾人的聲音卻像是被風颳到一起了似地固結在同一處。而那聲音不自然地刺激著部分的聽覺。

我仍是右手抓著吊環，若無其事地轉動身體掃視車內的乘客。儘管從我們所在的位置只能看到大部分乘客的後腦勺，但一眼望去並沒有什麼異常之處。和平常一輛客滿的公車沒有兩樣。雖然鋥亮的車廂使得乘客看起來過於整齊劃一，但那恐怕也只是我的錯覺。

我周遭有七、八個老人相鄰而坐，正低聲各自談著話。其中有兩名女性。雖然聽不清在談些什麼，但從那悄悄的親密語氣來看，話題應該是只有他們知道的一些瑣事。他們的年紀大概在六十到七十多歲，每人都有個合成皮單肩包之類的背包，或擱在腿上或背在身上。也有人帶的是小型後背包。貌似要去登山。但仔細一看，他們胸前都用別針別著一樣的藍色緞帶。全員都身穿易於活動的衣物。腳上是運動鞋。運動鞋看起來都是經常穿的樣子。老人做如此打扮往往會顯得不搭調，但在他們身上卻是非常適合。

奇怪的是，就我的記憶所及，這路公車並沒有經過任何登山路線之類的地方。公車順著斜坡的路往上行駛，穿著連綿的住宅區，經過我的高中母校，行經醫院，在高地上兜一圈再往下駛回，並沒去其他地方。公車路線中的最高處是公寓社區，那裡便是盡頭。他們究竟要去什麼地方，我完全沒有頭緒。

最有可能的解釋是老人們搭錯了車。雖然不清楚他們到底是在哪一站上的車，不好下定論，但這一帶有好幾路前往纜車站的公車，搭錯車的可能性也不是沒有。

還有一種可能就是這公車的路線已完全改變，而我並不知情。這同樣不是不可能。或者說，這種可能性要高得多。畢竟我已經七年沒搭過這路公車，而且我也不認為老人們會如此粗心上錯了車。想到這裡我突然感到不安。漸漸覺得窗外的風景好像也和過去完全不同。

在這時間裡表弟一直觀察著我的神情。

「在這裡等我一下。」我對著他的左耳說。「馬上回來。」

「怎麼了嗎？」他不安地問。

「沒什麼。只是去看一下停靠站。」

我穿過走道來到駕駛座後方，查看告示板上複雜的路線圖。我先確認編號「28」的公車路線，然後找出我們上車的民鐵車站站，然後一站一站追查。每一站都是熟悉的名字。路線和以前一樣。有我的高中母校、有醫院、有公寓社區，公車就在那裡轉向，從另一條坡道下來，然後經相同的路線返回。沒有錯。如果真有人弄錯，錯的也是他們。我鬆了一口氣，轉身準備回去表弟那裡。

這時我終於明白車內那奇妙氣氛的原因何在了。因為除了我和表弟之外，公車上的乘客無一例外，全是老人，簡直就像是包車一樣。他們全都帶著背包、胸前別著藍色緞帶。而且形成了幾個小群各自低聲談著話。我抓著扶桿怔怔地望著他們好一會兒。總共有將近四十個老人。他們個個的氣色都很好，腰板挺直，看起來很有活力。雖然並沒有什麼特別不尋常之處，卻是幅讓人覺得有些非現實的，不可思議的景象。多半是因為我過去不曾有過被老人包圍的經驗吧。也只能這麼想。

我順著走道返回。座位上的老人只顧著彼此的話題，沒人注意我的存在。我和表弟是車內僅有的異類這種事，他們似乎一點也不在意。或者說根本就沒有人察覺。

隔著走道坐著兩個身穿洋裝的小個子老太太，雙腳離地抬起，伸向走道。兩人都穿著小尺碼的白色網球鞋。她們伸直的雙腿不時像波浪一樣緩緩上下擺動。我不明白二人為什麼要這樣做。也許二人只是在玩，並沒有什麼特別的用意。也許是在做登山前的熱身運動。我避開走道中那兩雙突出的網球鞋，返回最後頭表弟那兒。

我一回去，表弟似乎著實鬆了一口氣。他右手抓著吊環，左手攥緊硬幣，一直等著我回來。老人們像是淡淡的影子圍在他身旁。但是在他們的眼裡，或許我們才是影子。我忽然這麼想。對他們而言，真正活著的是他們自己，而我們則如同幻影。

「是這路公車沒錯吧？」表弟不安地問。

「當然沒錯。」我底氣十足地回答。「畢竟我高中時天天都搭這路公車通學，不可能弄錯。」

表弟聽了這才終於放心。

我沒再說話，將體重掛在吊環上，觀察那老人團體。他們全都曬得很黑，包括後頸部。而且無一例外都很瘦，沒有任何胖老人摻雜其中。男性大多身穿登山用法蘭絨襯衫，女性則多半穿著沒有多餘裝飾的素雅洋裝。

他們究竟屬於什麼樣的團體，我完全摸不著頭緒。也許是健行或郊遊的社團，但是每一位老人的氣質都太過相似。感覺就像是從某種分門別類擺放的樣品抽屜中抽出一個，直接拿過來似的。他們的容貌、體態、說話方式、及服裝喜好等，一切都很相似。話雖這麼說卻也不是不起眼、或是說沒有個人的個性和特徵。每個老人都具獨特的存在感。他們個個都很健康、氣色好，皮膚黝黑。而且都乾乾淨淨，動作俐落。但也並不是無法分別只能視同一律。不過，他們之間的確存在著某種共同的氣質。由社會地位、思考方式、行為模式、成長過程等等所形成的，渾然一體的氣質。那種氣質，就如同輕微的耳鳴掌控著車箱內。那絕非令人不快的聲音，只是相當奇妙。

但首先，我連他們搭乘這班公車要去哪裡都不知道。雖然很想向距離沒多遠的老人詢問他們的目的地，卻又覺得何必這麼多事，便打消了念頭。儘管都是老人家，但也是個體面的團體，不太可能搭錯車。而且就算搭錯了，這路公車是循環線，繞一圈仍會回到原處。無論是哪種情況我似乎都別過問比較好。

「不知道這次治療會不會痛喔？」表弟憂心忡忡地問我。

「我也不曉得。」我說。

「你看過耳科嗎？」表弟問。

我想了想，沒有看過耳科的印象。一般科別的醫生我大多看過，就是沒看過耳科。所以耳科醫生究竟會如何治療，我完全沒有概念。

「以前治療的時候很痛嗎？」我問。

「倒也不是。」表弟說。「可是，有時會痛。醫生會用各種工具伸進耳朵裡面看看或是清洗。偶爾會痛。」

「那這次應該差不多吧。聽你媽說，和過去的治療方式沒多大差別。」

表弟歎了口氣抬頭看我。「和以前一樣的方法再做一次也治不好吧。不是嗎？」

「那可不見得。」我說。「總有出乎意料的時候。」

「就像啵一聲拔出塞子那樣嗎？」表弟問。我瞥了表弟一眼，看起來不像是在挖苦我。

「面對的人不同、心情也會改變，有時候治療過程中的些許差異都會有很大的影響。所以不要輕言放棄。」我說。

「我並沒有放棄啊。」表弟說。

「覺得煩嗎？」

「有點。」表弟說。「而且還會害怕。真的。我不喜歡痛。可是和真正的痛相比，想像的痛更難熬。這種感覺你懂嗎？」

「當然。」我說。「一般人都是這樣。」

他右手抓著吊環，咬了咬左手小指的指甲。「我想說的呢，就是這種感覺。也就是說，別人疼痛的時候被我看到了。於是我因為想像那個人的痛而難受。可是呢，那種想像的痛，和當事人所體驗的痛，是完全不一樣的。我也不太會講。」

我對表弟點了好幾次頭。

「嗯，因為疼痛完全是個人性的。」

「過去經歷過最痛的事情是什麼？」

「我嗎？」我有點詫異。從來不曾想會有人問我這種事。痛？

「肉體上的痛嗎？」

「是。」表弟說。「有沒有經歷過痛到無法忍受的事呢？」

我雙手抓著吊環，怔怔望著窗外的風景，邊想著這個問題。

痛？

思索了片刻之後，我發現自己幾乎沒有關於痛的記憶。當然，慘痛的經歷倒是記得幾件。例如騎自行車跌斷了牙齒，還有一次手掌差點被狗咬穿。但是疼痛本身實際是什麼，我卻一點也無法正確想起。

我攤開左手掌，試著尋找以前被狗咬的地方，傷痕竟已完全消失。甚至連那傷痕原本在什麼位置都想不起來。隨著時間流逝，許多事物真的很容易就消失無蹤。

「想不出來。」我說。

「可是以前應該有很多疼痛的經驗吧？」

「那倒是。」我說。「活得越久，經歷的傷痛就越多。」

表弟做了個像是微微聳肩的動作，再次沉思。「我不要長大。」表弟說。「因為我不想以後還要一再經歷各種不同的痛。」說話時，他的左耳微微朝向我。與此同時，由於表弟的視線是朝向斜上方的吊環，使得他看起來像個盲人。

那年春天，接連發生了許多煩人的事，我辭掉工作離開待了兩年的公司。隨後離開東京，回到老家。原本打算事情處理好之後馬上回東京再找工作，但在家裡悠哉地除除草、整修圍牆時，突然對許多事情感到厭煩，回東京的日子便一延再延。故鄉這城市本身已不再有任何魅力。來到港口眺望船隻呼吸海風，將昔日經常光顧的店家大致逛一遍，就沒有其他什麼事可做了。以前的朋友一個也沒留下，市街也不再像過去那麼讓人興奮、那麼有吸引力。市街呈現在我眼前的各種風格、感覺全都像是硬紙板糊成的藝品，徒具表面而已。雖然這畢竟是因為我長了年紀，但當然不只是這樣。正因為不只是這樣，我才沒有回東京，或是一個人整天在院子裡除草，或是躺在簷廊讀一讀舊書，或是修理修理烤麵包機，就這樣無所事事一天過去一天。

在這麼混日子的時候，姑媽來訪，說要讓表弟換一家醫院，問我是否能在開始時先陪他去幾次。一來醫院就在我高中母校附近，是熟悉的地方，而且反正也有空，所以我沒有異議。姑媽還給了意外多的零用錢，要我拿去吃飯。大概是認為我失業，手頭不寬裕吧。反正不管怎麼說都不是件麻煩事，我便欣然接受了。

表弟之所以換醫院，主要是因為在之前的醫院治療沒什麼效果。除了沒效果之外，他那重聽的周期還變得愈來愈短。姑媽為此埋怨醫生，醫生則暗指家庭環境可能有問題，於是雙方吵了起來。

只不過沒有任何人指望換了醫院之後他的耳朵馬上就會開始好轉。對於他的耳朵，周遭的人——雖然嘴巴上沒有說——似乎都已經完全放棄了。表弟的心態好像也是如此。

我和表弟並不是原本就特別要好。雖然兩家的距離很近，但因為年紀相差頗大，並沒有什麼往來。可是不知從什麼時候開始，大家就把我和這個表弟視為一對兄弟檔。也就是說認為他會和我親近，而我也疼愛他。為什麼會有這看法，讓我百思不得其解。因為我覺得自己和表弟之間並沒有什麼共同點。

但如今，這麼看著他歪著頭將左耳朝向我的模樣，竟莫名打動我的心。就像是很久以前聽到的雨聲，他那不靈巧地誇大了的一舉一動，已適切地與我的身體融合。不知怎地，我好像明白親戚們為什麼會把我和他拉在一起。

「欸，你什麼時候回東京？」表弟問。

我像要舒緩痠痛那樣輕輕搖搖頭。「這個嘛，還沒個準。」

「不急喔？」

「是不急。」我說。

「工作辭掉了啊？」

「辭掉了。」

「為什麼呢？」

「覺得沒意思了。」我說著笑了。

表弟猶豫了一下之後也笑了。接著換另一手抓吊環。

「沒了工作，會煩惱錢的問題嗎？」

「久了就會吧，目前還好。一來我有存款，而且辭職的時候也領了些錢。暫時不會有問題。有問題的時候再找工作就好，不過在那之前打算輕鬆一陣子。」

「不錯啊。」表弟說。

「是不錯。」我說。

車內嘈雜的談話聲一直持續著。公車每一站都沒有停。雖然每次快到站的時候司機都會報站名，但是都沒有人摁下車鈴。沒有人關心站名，也沒有新的乘客上車。公車在沒有交通號誌的和緩坡道上不斷爬升。路面寬而平整，雖然一路蜿蜒，卻幾乎不會感覺搖晃或顛簸。每當公車轉變方向，初夏的風便會從車箱中吹過。老人們仍專注於自己的話題，完全無視窗外的風景。即使風拂動他們的頭髮、帽簷、或圍巾，老人們也都不以為意。他們似已經完全放心地把自己託付給公車了。

公車經過大概七或八個站之後，表弟面露不安。

「還沒到嗎？」

「嗯，還沒。」我說。雖然窗外都是熟悉的景色，我並不會感到不安，但公車的速度要比印象中快得多。新型的大型公車宛如狡猾的動物，發出低沉的聲音緊貼柏油路面爬上斜坡。

表弟又看看我的手錶。表弟看過之後，我也看了看錶。十點四十分。街上靜悄悄的，幾乎看不到人和車。這是通勤的尖峰時刻已過，家庭主婦出門採買之前，住宅區短暫沉寂的時段。公車幾乎是毫無停頓地從中通過。

「欸，要不要去我爸的公司上班？」表弟問。

「不了。」說著，我整理了一下思緒。「不，我沒有那個打算。為什麼這麼問？」

「只是想到而已。」表弟說。

「是聽誰說的嗎？」

表弟搖搖頭。「要是去的話就好了，你就會一直留在這裡。而且真的是人手不足，大家一定會很高興。」

司機又報出站名，還是無人有反應。公車沒有減速繼續前行。我仍抓著吊環望著街頭的風景好一會兒。胃底有種彷彿空氣凝結起來一般沉甸甸的感覺。

「對我來說，不太適合。」我說。原本怔怔看著窗外的表弟連忙將左耳朝向我。

「工作不適合。」我重申。話出口之後，我才發覺這可能會傷了表弟的心。但也沒辦法。不能因此而說謊。若是我敷衍的場面話變了個樣傳到姑丈耳裡，恐怕會引起不必要的麻煩。

「是覺得沒意思嗎？」表弟問。

「有沒有意思不清楚。只是因為我有其他想做的事情。」

「嗯。」他說。似乎稍微理解了些。至於我想做的事情是什麼這類的問題，他則沒再追問。我和表弟都閉上了嘴，一直望著窗外的風景。

隨著公車在山坡上越行越高，住家越來越少，鬱鬱葱葱的大樹，枝葉濃密的影子幾乎完全遮蔽了路面。矮牆圍著大庭院，上了漆的外國人住宅也開始出現。風帶著涼意。一回頭，海在下方忽隱忽現。我和表弟的視線都一直追著那風景。

我們在醫院前下車時，那群老人仍唧唧呱呱聊個沒完。有幾人放聲大笑。似乎是其中一個老人說了有趣的事，令其周遭笑聲不斷。我摁下吊環旁的下車鈴，示意表弟準備下車後走向車門。老人中有幾人朝我們瞥了一眼，但大部分對於停車和有人要下車都一點也不關心。我們踏上路面後，車門便在身後伴隨著氣動泵的聲音關起來。滿載老人的公車沿坡道繼續上行，經過一個大轉彎後消失。最後我還是不曉得老人們究竟要去哪裡。

當我怔怔目送公車遠去時，表弟一直以同樣的姿勢站在一旁。左耳一直朝著我，似乎是為了不論我何時說話都能聽清楚。若是不適應這種狀況，感覺就很怪。好像隨時會被要求什麼似的。

「走，我們過去吧。」說著，我拍拍表弟的肩膀。

到了約診時間，我目送表弟進去診療室之後，我搭電梯到一樓，走進餐廳。雖然櫥窗裡的樣品餐點好像都不好吃，但我真的餓了，便點了看起來比較像樣的鬆餅咖啡套餐來試試。將送來的東西送進嘴裡一嚐，咖啡的味道還可以，但鬆餅就有點過份了。濕濕冷冷的，而且糖漿太甜。我勉強將一半塞進喉嚨，剩下的實在沒辦法解決，只好把盤子推開。

由於是周間的上午，餐廳裡除了我之外只有另一家人。看來四十多歲的父親是住院病患，母帶著兩個小女孩來探病。女孩兒是雙胞胎，穿著同款洋裝，兩人都埋頭喝著柳橙汁。父親的傷病看起來並不是很嚴重，而雙親和孩子的臉上都浮現覺得無聊的表情。因為無話可說。

窗外是一大片草坪的庭院。草剪得很整齊，其間有碎石鋪成的散步道。設置在各處的灑水器不停旋轉，為草地灑水。兩隻高聲鳴叫的長尾鳥在草地上方直線飛過，而後自視野中消失。大草坪庭院的那頭有網球場和籃球場。網球場上的球網是拉好的，但無人使用。網球場和籃球場旁，是一排像一面牆似的高大櫸樹。從枝椏間可以看到海。由於葉子繁茂，看不清楚海平線，但處處都是初夏陽光下的粼粼波光。

窗口下面是用鐵網圍起來的家畜小屋。小屋分成五個部分，以前也許曾飼養著許多種動物，但如今只剩下山羊和兔子。山羊一頭，兔子兩隻。兩隻兔子都是褐色，正不停地嚼著草。山羊似乎脖子後面很癢，脖子抵著鐵網的柱子使勁磨蹭。

好像在很久以前曾經看過與此相同的風景。一個有大片草坪的庭院，看得到海，有網球場，有兔子和山羊，雙胞胎女孩喝著柳橙汁……這樣的風景。不過，這當然是錯覺。因為我是第一次來到這家醫院，而且除了庭院、海、網球場之外，甚至連兔子、山羊、以及雙胞胎女孩都同樣出現在別的地方，是難以想像的事情。

喝完咖啡，我雙腳擱在對面的椅子上，閉起眼睛做了個深呼吸。一閉上眼睛，就看到厚重的黑暗中出現了像是肉芽的東西。呈鑽石型的白色氣狀體，如顯微鏡下的微生物一般膨脹收縮。很是奇妙。

一會兒後睜開眼睛時，那一家四口已不見蹤影，餐廳裡只有我一個人。於是我點了根菸，像平常無聊時那樣，一直望著煙的變化打發時間。抽完一根菸之後，喝口玻璃杯裡的水，又閉上眼。但即使閉上眼睛，剛才出現的既視感仍清楚留在腦海。

真是奇怪。我最後一次去醫院是八年前的事，而且那是外觀和這裡截然不同，靠近海邊的醫院。雖然那間醫院也有餐廳，但從窗口只看得到夾竹桃。那是間老醫院，總是有股像是正下著雨的氣味。所以不可能誤將此處當成那裡。

那年夏天，我十七歲。我試著回想了好一會兒那一年還發生其他什麼事情，但根本沒用。不知怎地、一件也想不起來。雖然很快便想起當年班上幾個同學的長相，但能想起的就僅止於此，和發生過什麼事或情境都無法直接連結在一起。

並不是記憶不存在。反倒是腦袋裡的記憶塞得太滿。因而無法順利將那抽出來。或者說，有一種控制機制在運作，將好不容易從頭上小洞爬出來的記憶，像是用剪刀截斷蜥蜴一樣弄得支離破碎。

總之，那年夏天，我十七歲，和友人一同前往那海邊的老醫院。

他的女友入院接受胸部手術，我倆去探病。

說是手術，但也並非多大的事，記得說是要矯正一根天生稍微向內錯位的肋骨。雖然不須要緊急處置，但既然要矯正，就趁暑假期間動手術，免得年紀大了再處理會比較不好受。手術本身很快就完成，但除了位置靠近心臟，醫生表示要觀察術後狀況之外，她也要趁住院時做比較仔細的檢查，結果住院將近兩個星期。

我們共騎一輛山葉125cc的機車前往醫院。去時他騎，回程換我騎。雖然我並不想去探視友人的女朋友，但是他拜託我無論如何都要陪同前往。「自己一個人去醫院，見了面會不知道說什麼才好。」他說。我和他在那之前都不曾去過醫院。所以根本無法想像醫院會是什麼樣子。

他在途中找了家糕餅店買了一盒巧克力。我一手拉他的腰帶，一手緊緊抓著那盒巧克力。那天非常熱，我們倆的T恤都汗濕之後又被風吹乾，如此反覆了幾次後氣味就和動物小屋差不多。友人邊騎邊不停唱著莫名其妙的歌。坐在後座，腦袋似乎都因腋下的汗味而變得不太正常。

抵達醫院之前，我們先在海岸邊找個地方停車，躺在樹蔭下喘口氣。那個年頭海已經受到污染，加上夏季也將要結束，來游泳的人很少。我們在那裡待了十五分鐘，抽菸聊天。我懷疑巧克力那時大概已經軟化變得黏糊糊了吧。可是當時完全沒想到巧克力的事。

「你不覺得有些奇怪嗎？」他說。「我的意思是，我們兩個，像現在這樣，在這個地方。」

「不奇怪啊。」我說。

「我也知道不奇怪。」他說。「不過我還是覺得哪裡不太對勁。」

「例如什麼？」

友人搖搖頭。「我也說不上來，不過肯定是場所或者時間這一類的地方。」

那是八年前的事。友人如今已經不在。已經去世了。

我拉開椅子起身，走去跟收銀臺的女孩買了張咖啡券，交給女服務生後回到位子上，又望著海。第二杯咖啡送來了。咖啡杯旁配有糖包和奶球。我先撕開糖包將砂糖倒進菸灰缸，再把奶精淋上去，用菸屁股一直攪拌到變成泥狀。我也不明白自己為何要這麼做。或者應該說，一段時間之後，我才發覺自己在這麼做。看到菸灰缸裡砂糖、奶精、和菸絲被攪爛成一團，我這才意識到自己做了什麼。我常常這樣。不善抑制自己的感情。

我雙手拿著咖啡杯確認身體的平衡，嘴唇接觸杯緣，緩緩喝著咖啡。接著確認熱熱的咖啡從嘴唇經過喉嚨，再由喉嚨往食道移動。而後確認自我嚴絲合縫地安頓在自己體內。我將雙手在桌上完全張開，然後併攏。望著手錶液晶數字的秒從01到60變換過一輪。

我不明白。

若是分開逐一檢視，每一個都不是什麼了不得的記憶。沒什麼特別之處。只是友人去醫院探視他那女朋友，我陪著去而已。沒有任何其他的狀況，並不是什麼特別值得回憶的事。

她穿著藍色的睡衣。新的藍色大花紋睡衣，胸前口袋有ＪＣ兩個縮寫字母。於是我琢磨著這ＪＣ到底是什麼。從ＪＣ能想到的，不外乎JUNIOR COLLEGE或JESUS CHRIST吧。結果，ＪＣ卻是品牌名。

我們來到餐廳的一桌坐下，抽菸、喝可樂、吃冰淇淋。因為她餓得很，又加點了可可和二個甜甜圈，即使如此仍嫌不夠。

「出院的時候要變成豬了。」友人說。

「不要緊啦，現在是恢復期嘛。」她說。

兩人說話時，我望向種在窗外的那排夾竹桃。非常大的夾竹桃，看起就是片小樹林。隱約還能聽到海浪聲。窗外的護欄因為海風而變得斑駁，天花板上的老式吊扇一圈圈攪動著室內的熱空氣。餐廳裡也清楚可以聞到醫院的氣味，吃的、喝的東西也都帶有醫院的氣味。由於我是第一次來到醫院，在這種氣味包圍下，心裡不由得有種淡淡的悲傷。

她的睡衣胸前有兩個口袋。不知為什麼，一邊口袋插著一支原子筆。車站商店賣的那種廉價原子筆。從呈V字型敞開的領口，可以看見未經日曬白皙的胸。一想到那胸的內部還是下方，有一根移動過的骨頭，總覺得有些奇妙。

然後我做了什麼來著，我心裡想。喝可樂，看夾竹桃，想著她胸部骨頭的事，然後到底做了什麼來著？

我在塑膠椅上挪了個位置，仍支著下巴，翻掘著沒什麼意義可言的記憶層。就像是用細刀尖去戳攪軟木塞一樣。

但不管怎麼想，我的記憶都在那裡突然中斷。我能夠回想起來的只到〈她白皙胸部的骨頭〉那部分。然後就什麼都沒有了。或許是她的骨頭造成的印象太過強烈，以致於時間在那裡停止了吧。

我想到，當時的我，無論如何都沒有辦法接受為了矯正骨頭的位置而將肌膚切開這種事。稍微切開肌膚就是骨頭，然後手伸進那裡調整位置，再將肌膚縫合，那縫合後的肉體作為一個女人的肉體再度發揮功能……這種事情。

她的睡衣裡面當然沒有戴胸罩。不可能穿著那玩意兒。因此當她低下身子時，就可以從那V型的領口窺見乳房間平坦的肌膚。我立刻閉上眼睛。那時我都不知道自己到底該想些什麼才好。

平坦白皙的肌膚。

對了，在那之後我們聊起跟性有關的話題。主要是友人在講。把我的失敗經驗加油添醋說得相當不堪。說我拐了女孩子騎機車載去海邊，想要脫人家的衣服如何又如何。其實原本並不是什麼大不了的事，但是他說得繪聲繪影，我們都笑了。

「不要逗我笑啊。我一笑胸部就痛。」她笑著說。

「哪個部位會痛？」友人問。

她用手指觸著心臟上面一點，左側乳房稍微偏內的部位。友人對此又說了些什麼，逗得她又笑了。我也笑著點了根菸，然後眺望窗外的風景。

我看了看錶。十一點四十五分。表弟還沒有出來。因為將近午餐時間，餐廳裡的人越來越多，其中還有幾個穿著睡衣，頭上裹著繃帶。室內瀰漫著咖啡的氣味，還有煎漢堡的味道。一個小女孩正纏著母親訴說什麼。

我的記憶力已完全睡著了。嘈雜的聲音，就如同平靜的煙，飄浮在我眼睛的高度。

有時候，我的腦袋會為了非常單純的事而陷入混亂。例如為了人為何會生病，等等諸如此類的事情。例如骨頭的些許錯位，例如耳朵裡某處略微失衡，例如某種記憶被胡亂塞進腦袋裡。例如人都會生病。例如疾病會侵犯人體，例如眼睛看不到的小石會卡進神經的間隙，例如肌肉會溶解，例如骨頭會露出來等等。還有插在她睡衣胸前口袋的一支廉價原子筆。

原子筆。

我再次閉上眼睛，深呼吸。然後雙手捏住咖啡匙的兩端。嘈雜的聲比剛才減弱了幾分。她拿著那支原子筆，在紙巾背面畫著什麼。所以她俯身低頭，才讓我窺見她雙乳間白皙平坦的肌膚。

她在畫圖。紙巾太柔軟不適合用來作畫，很快就被原子筆尖刮破。即使如此她依然專心畫著。途中畫得不順手時，她就停下來，咬著原子筆的藍色塑膠筆蓋。並不是很用力地咬。輕輕地，不致於留下齒痕的程度。

她畫了山丘。形狀複雜的山丘。像是會出現在古代史的插圖那種感覺的山丘。山丘上有間小房子。房子裡睡著一個女人。房子四周長有茂密的盲柳。是盲柳使那女人沉睡。

「盲柳到底是什麼玩意兒啊？」友人說。

「是一種柳樹喔。」她說。

「沒聽說過。」友人說。

「我想出來的。」她說。「是身上沾有盲柳花粉的小蠅，從女人的耳朵鑽進去，才讓她睡著。」

她取了張乾淨的紙巾，在上面畫了盲柳的大圖。盲柳這種樹的大小與杜鵑相當。會開花，但花被厚厚的葉子緊緊包覆。葉片為綠色，形狀像是許多聚在一起的蜥蜴尾巴。

「有沒有菸？」友人問我。我隔著桌子將一包短支HOPE和火柴扔給他。他取了一根點燃，又扔還給我。

「雖然盲柳看起來很小，可是根卻超乎想像的深。」她說明。

「事實上，到達一定年份之後，盲柳就不再向上生長，而是不斷往下延伸。所以，是以黑暗為養分來成長。」

「而小蠅帶著那花粉鑽進女人的耳朵裡，讓女人睡著是吧。」友人說。「那麼小蠅怎麼辦？」

「進入女人體內吃她的肉囉，那還用說。」她說。

「咕喳咕喳。」友人說。

對了，那年夏天，她寫了關於盲柳的長詩，並為我們解說那脈絡。對她而言，那是唯一的暑假作業。她根據某天夜裡的夢創作出那個故事，在床上花了一個星期寫成長詩。友人表示想看，但她以細節還須要修改為由拒絕了。不過她畫了圖來為我們說明脈絡。

為了尋找因為盲柳的花粉而沉睡的女人，一個年輕男子獨自爬上山丘。

「那一定是我吧。」友人在一旁插嘴。她笑了笑繼續說下去。

他撥開占據山路的茂密盲柳，登上山丘。自盲柳蔓延開之後，年輕人是第一個來到山丘上的人。他將帽簷壓低，一手揮趕小蠅，一邊向山坡頂上前進。如此這般。

「可是最後，當他辛辛苦苦好不容易抵達小屋的時候，女孩的身體卻已經被小蠅吃光了是吧？」友人問。

「就某種意義而言。」她回答。

「就某種意義而言被小蠅吃掉就某種意義而言算是悲劇吧？」

「嗯，算是吧。」她說著笑了。

「不過這種殘酷又晦暗的故事，妳們學校的修女聽了不可能會喜歡吧？」他說。她在一所教會辦的女子高中就讀。
「可是我覺得很有意思。」我首次開口。「就情境來說。」
她朝向我微微一笑。
「咕喳咕喳。」友人說。

十二點二十分，表弟過來了。他眼神有些失焦一臉恍惚，一手拎著個白色裝藥的紙袋。自他出現在餐廳門口，到走來桌邊花了相當長的時間。從走路的樣子看來，身體的平衡好像有點問題。
他在我對面的椅子坐下，隨即噓了一口氣。
「怎麼樣？」我試著問。
「嗯。」表弟說。我等著他開口，但好半晌都沒有下文。
「肚子餓嗎？」我試著問。

表弟默默點頭。

「要在這裡吃嗎？還是我們搭公車下去回市區再吃？」

表弟猶豫了一下，四下打量之後說在這裡就好。

我招來女服務生點了兩份午間套餐。表弟說口渴，所以還點了可樂。餐點送來之前，表弟眺著窗外的風景出神。海啦、網球場啦、櫸樹啦、灑水器啦、山羊和兔子啦。由於表弟一直是右耳朝向我，所以我都沒說話。

要等好些時間餐點才會送來。我很想喝啤酒，但醫院的餐廳自然是沒有啤酒。沒辦法，我只好拿了根牙籤來摳指甲的皮。鄰桌一對穿著體面的中年夫婦邊吃義大利麵邊聊著罹患肺癌的朋友的事。例如早上起床後咳出血痰、血管裝上導管，諸如此類的話題。妻子那一方發問，丈夫回答。所謂癌症，可以說是由一個人生活方式的趨向濃縮而成的，他這麼回答。

午間套餐是漢堡排和炸白肉魚。此外還附了沙拉、麵包捲，和濃湯。我們一言不發默默吃著。喝湯，撕麵包、抹奶油、拿叉子取沙拉、用刀切漢堡排，將搭配的義大利麵捲起來送入口中。這段時間裡，鄰桌的夫婦仍一直持續著關於癌症的話題。丈夫正對為何最近癌症病患急速增加一事侃侃而談。

「現在幾點？」表弟問。我抬腕看錶，然後嚥下口中的麵包。

「十二點四十分。」我說。

「十二點四十分啊。」表弟重複了一遍。

「查不出什麼原因。」表弟說。「是說為什麼會聽不到的原因。也沒有什麼明顯不正常的地方，所以查不出來。」

「是喔。」我說。

「當然，因為今天是初診，只大致做了基本的檢查，詳細的情況都還不知道……不管怎麼看，治療時間好像都會拖得很長。」

我點點頭。

「每個醫生都一樣、每家醫院也都一樣。一遇到無法解釋的情況，就都推給別人。檢查耳道、照X光、測試反應、檢查腦波，要是這些都沒有什麼異狀，最後就會說一切都是因為我。說既然耳朵沒有問題，那有問題的應該就是我了。每次都這樣。所以大家都責怪我。」

「可是你真的越來越聽不見了對吧？」我試著問。

「嗯。」表弟說。「當然是真的聽不見啊。我沒有說謊。」

表弟微微扭頭看著我的臉，但對於自己被懷疑似乎一點感覺也沒有。

我們坐在站牌的候車長椅上，等回程的公車。還有將近十五分鐘公車才會來。我提議既然是下坡路，要不要散步走個兩站，但表弟說就在這裡等。反正是搭同一班車嘛，他說。這倒也是。附近有酒鋪，我拿了錢給表弟，請他幫我買罐裝啤酒。表弟還是喝可樂。仍舊是好天氣，仍舊是五月的風在吹著。我忽然覺得，是不是只要閉上眼睛，啪地拍一下手再睜開眼睛，許多狀況就會之一變。那是因為風，就像一把奇怪的銼刀，作用在緊貼著我的皮膚的種種存在感之上。這麼說來，很久以前我就經常會有這種感覺。

「可是，你會不會也認為耳朵有時聽得見、有時聽不見，是精神方面的問題造成的呢？」表弟說。

「我不知道。」我說。

「我也不知道。」表弟說。

好一會兒，表弟擺弄擱在腿上的藥袋。我小口小口啜著五百毫升的罐裝啤酒。

「不過，你是怎麼樣變得聽不見的？」我試著問。

「這個嘛，」表弟說。「感覺就像是收音機的調諧故障了一樣。好像訊號不穩定那樣，聲音漸漸變小，然後完全消失，可是消失一陣子之後又像是訊號斷斷續續那樣聲音逐漸增強，接著基本上就聽得到了。但即使如此，聲音和正常情況相比當然還是小得多。」

「聽起來很不好受啊。」我說。

「是指一邊耳朵聽不見嗎？」表弟問。

「就這些有的沒的。」我回答。

「可是到底有多不好受，其實你並不知道。我的意思是，與耳朵聽不見並沒有直接關係，卻令人吃驚的事情，會出乎意料地非常不好受。」

「嗯。」我說。

「我覺得，如果你的耳朵變得和我的一樣，一定經常會因為各種事情大吃一驚。」

「嗯。」我說。

「可是說這種話，是不是好像我很得意？」

「沒這回事。」我說。

表弟擺弄著藥袋，一時間又陷入沉思。我將剩下三分之一的啤酒倒進水溝。

「看過約翰·福特導演的電影《一將功成萬骨枯》（Rio Grande）嗎？」表弟突然問。

「沒有。」我說。

「前陣子電視臺播放的時候看的。」表弟說。「很有意思的片子。」

「嗯。」我說。

我們望著一輛綠色的進口跑車從醫院大門出來後右轉，往下坡駛去。跑車上只有一個中年男子。車身在陽光下泛著賞心悅目的光，看起來就像隻過度發育的甲蟲。我邊想著癌症的事情邊抽菸。接著又想了想經過濃縮的生活方式的趨向。

「剛才說到電影。」表弟說。

「嗯。」我說。

「電影開始的時候，一個出名的將軍來到要塞，去巡視還是什麼的。」

是《一將功成萬骨枯》的劇情。

「嗯。」我說。

「一個老資格的少校負責迎接那個將軍，少校就是約翰．韋恩。因為將軍是從東部來的，並不清楚西部的狀況。也就是關於印第安人的事情。要塞周圍正有印第安人發動叛亂。」

「嗯。」

「將軍抵達要塞時，約翰．韋恩就出來迎接，說：『歡迎來到格蘭河要塞』。結果將軍這麼說：『我在途中遇到好幾個印第安人，還是留心點比較好』。不過約翰．韋恩卻這麼回答：『不必擔心，如果閣下還能見到印第安人，其實就已經沒有印第安人了』。正確的對白記不清了，不過大致應該是這樣。你知道是什麼意思嗎？」

我抽了一口菸，再把煙吐出來。

「應該是說，大家的眼睛都看得到的事情，其實並不是多麼大不了的事吧。」我說。

「是這樣嗎？」表弟說。「雖然我不清楚是什麼意思，可是每當自己因為耳朵的問題而被別人同情時，我總會想到電影的那一幕。『如果還能見到印第安人，就表示沒有印第安人了』。」

我笑了。

「好笑嗎？」表弟問。

「很好笑。」我說。表弟也跟著笑了。

「你喜歡看電影？」我試著問。

「喜歡。」表弟說。「只是耳朵狀況不好的時候幾乎沒辦法看，所以看過的片子並不多。」

「等你耳朵的狀況恢復了，我們去看電影。」

「好喔。」表弟似乎鬆了一口氣。

我看了看錶。一點十七分。距公車到站還有四分鐘。我仰頭望著天空發呆。表弟抓著我的手看錶。我一直望著天空到覺得已經過了四分鐘時一看錶，其實只有兩分鐘。

「欸。」表弟對我說。「要不要看看我的耳朵？」

「為什麼？」我說。

「就忽然想到。」表弟說。

「好啊。」我說。

他轉身面向後坐好，右耳朝著我。表弟一頭短髮，所以可以清楚看見整個耳朵。形狀很好的耳朵。雖然整體而言稍小，但耳垂豐厚柔軟。很久沒有這樣端詳別人的耳朵了。細看之下才發現，耳朵好像有著不可思議之處。在意想不到的部位彎曲轉折、或凹下、或凸起。我不明白，為何耳朵的形狀會如此奇妙。或許是在追求集音和防禦等功能的過程中，自然而然形成了這樣的外觀。

再來就是在那彎曲轉折的耳廓包圍下打開的一個黑色小孔。耳孔本身倒沒有什麼特別之處。

「好囉。」我大致觀察過後說。

表弟一個轉身，在長椅上面朝前坐好。「怎麼樣，有沒有什麼奇怪的地方？」

「從外表看來是沒有任何奇怪的地方。」

「連一點似乎、好像之類的感覺都沒有嗎？」

「看起來很普通的耳朵。和大家都一樣。」我說。

「喔。」他說。聽到這麼直截了當的回答，表弟似乎有些失望。

可是我也不知道該怎麼說才好。

「治療會痛嗎？」我試著問。

「不會。和以前差不多。」表弟說。「聽力檢查用的是新儀器，其他項目都沒有多大差別。不論哪裡的耳鼻科，診療的方式都大同小異。相似的醫生，問相似的問題。」

「嗯。」我說。

「因為同一個部位一再被來回攪擾，到現在都還覺得好像被磨破了一樣。感覺都不是自己的耳朵了。」

我看了看手錶。公車就要到了。我從長褲口袋掏出一把零錢，數了二百八十圓交給表弟。表弟又計算了一次那金額，然後小心攢在手裡。

我和表弟沒再交談，兩人坐在長椅上望著坡道遠方波光粼粼的海面，等待公車到來。

在這沉默中我想像著，說不定表弟的耳朵裡棲居著無數的小蠅。六條腿上沾著花粉潛入表弟的耳朵，貪婪地吃著裡面的嫩肉的小蠅。在靜靜等車的這當兒，牠們仍不停鑽進表弟淺粉色的肉裡，吸食體液，在腦袋裡產卵。而且會隨著時段慢慢向上爬。沒有人察覺牠們的存在。因為牠們的身體實在太小，牠們的振翅實在太微弱。

「28路。」表弟說。「是28路公車沒錯吧？」

一輛公車從坡道右側轉過大彎朝我們駛來。是熟悉的舊型公車，正面掛有「28」的路線號碼牌。我從長椅起身，舉起一隻手向公車司機示意。表弟攤開手心又數了一次零錢。然後我和表弟站在一塊兒，等待公車的門打開。

三つのドイツ幻想——三則德意志幻想

1——形同冬日博物館的春宮圖

SEX、性行為、性交、交合，或其他任何都好，但凡這類的字眼、行為、現象讓我聯想到的，總會是冬日的博物館。

——冬日的．博物館——

當然，從SEX到冬日的博物館，頗有一段距離。而且得轉好幾次地下鐵、從大樓底下穿過，找個地方等候季節變換，頗費工夫。不過只有頭幾回必須如此大費周章，一旦熟悉了這意識回路的路徑，任何人都能在轉眼間抵達冬日的博物館。

不是瞎說，當真如此。

當SEX成為街談巷議的話題，交合的波濤填滿黑暗的時候，我總會站在冬日博物館的玄關。我將帽子掛在帽架上，外套掛在外套架上，手套疊好放在桌角，接著想到還纏著圍巾，於是解下來搭在外套上。

冬日的博物館絕非大型博物館。不論館藏、分類，或營運方針，一切大概都只在個人檔次而已。首先，這裡就沒有一貫的理念。有埃及的胡狼神雕像、有拿破崙三世用過的量角器，也有在死海的洞窟發現的古代鈴鐺。但也僅此而已。這一件件收藏之間沒有任何關聯。就像是飢寒交迫的孤兒，閉著眼睛蜷曲在展示櫃裡動也不動。

博物館內非常安靜。距閉館還有些許時間。我從桌子的抽屜取出造型像是蝴蝶的金屬零件，拿去給放在玄關旁的座鐘上發條。然後將指針撥到正確的時間。因為我——意思是指，如果我沒有誤解的話——在這博物館工作。

清晨靜謐的光線、悄然隱約的性行為的預感，一如往常像是溶解的扁桃仁一樣，掌控著博物館的氣氛。

我在館內巡了一圈，拉開窗簾，將蒸氣暖爐的閥門開到最大。然後將付費的導覽手冊整齊疊放在入口的桌子上，將必要的電燈都通上電，也就是在凡爾賽宮模型那裡只要摁下A·6的按鈕，國王起居室就會亮起，這一類的電燈。又試了試飲水機的狀況。將歐洲狼的剝製標本稍微往裡頭推，以防小孩子伸手去摸。去洗手間補充洗手乳。這些工作，即使不一項一項回想或考慮順序，身體就會自主行動去完成。再怎麼說，我就是，雖然不好說明，就是我自己。

接著我走進小廚房刷牙，從冰箱取出牛奶倒進單柄鍋，用配備的電爐加熱。電爐、冰箱、和牙刷自然都沒有什麼來歷，只是附近電器行和雜貨店買的東西，但放在博物館裡，就連這些玩意兒看起來都像是值得收藏似的。甚至牛奶，看起來也像是從古代的牛身上擠出來的古代牛奶。有時候我會搞不清楚，這該說是博物館侵蝕著日常，抑或是日常侵蝕著博物館。

熱好牛奶後，我在桌前坐下，邊喝牛奶邊將積在信箱裡的信件拆來看。信件被分為三類。一是水費帳單、考古學會會報，或者希臘領事館變更電話號碼的通知等，這類事務性的信件，還有一類是來博物館參觀過的人寄來的各式各樣感想、抱怨、鼓勵，或建議的信。他們提出來的事情還真是五花八門。不過就是些老古董，不是嗎？說什麼美索不達米亞的棺木旁，擺的竟然是後漢時期的酒器，對他們而言是多麼無法接受的事。當博物館不再令人困惑和錯亂的時候，他們以為還能去哪裡找到這些呢？

我隨手把這兩類信件扔進各自的文件架裡，從桌子抽屜取出鐵盒裝的餅乾，啃了三片配剩下的牛奶。然後拆開最後一封信。最後一封信來自博物館館長，內容非常簡潔。以黑色墨水在蛋黃色銅版紙上寫下指示事項。

①將36號的壺打包收進倉庫。
②取出A．52的雕像臺座（無雕像）置於Q．21區位展示。
③更換76區位的燈泡。
④在入口公告下個月的休館日。

我自然是依照指示處理。將36號的壺用帆布包裹好收進倉庫，然後拚死拚活把重得要命的臺座拖出來。站上椅子將76區位的燈泡換成新的。臺座除了重之外，也不怎麼起眼，36號的壺則普受參觀者好評，而原來的燈泡仍像新的一樣，但這些都不是我能置喙的事情。我依照指示處理，然後收拾牛奶杯和餅乾盒。開館時間就快到了。

我在洗手間的鏡子前梳理頭髮，調整領帶，確認陰莖已完全勃起。沒有任何問題。

☆36號的壺
☆A・52的臺座
☆燈泡
☆勃起

SEX有如潮水拍打著博物館大門。座鐘的針將呈銳角指向上午十一點。冬天的陽光如舔舐地板一般，低柔地來到房間中央。我緩緩穿過大廳，拉開門栓，打開門。門一打開的瞬間，一切都變了。路易十四起居室的燈光亮了，加熱牛奶的單柄鍋停止降溫，36號的壺逐漸沉入寂靜的果凍狀睡眠之中。我的上方傳來好幾個慌張的男人兜圈子的腳步聲。

我也不想再去理解他人。

可以看見有人站在門口。但那根本不重要，不論門口有什麼狀況都無所謂。因為只要一想到SEX，我總會在冬日的博物館，我們都在那裡像孤兒一樣蜷縮著，渴望溫暖。單柄鍋在廚房，裝餅乾的鐵盒在抽屜，而我在冬日的博物館。

2——赫爾曼·戈林要塞1983

赫爾曼·戈林在柏林挖空山丘構築巨型要塞時，究竟在想什麼呢？他是真的將整座山丘挖空，在內部澆鑄結實的混凝土。那猶如不祥的白蟻丘，清楚地聳立在淡淡的暮色中。攀上陡峭的斜坡來到要塞頂端，我們下方華燈初上的東柏林市區便一覽無遺。設置在四面八方的砲臺應該能夠掌握朝首都逼進的敵軍動向予以痛擊。大概沒有任何轟炸機能夠破壞那座要塞的裝甲，也沒有任何坦克能從那裡爬上去。

要塞內常備可供兩千武裝親衛隊據守數個月的食物、飲水和彈藥。地下密道錯綜複雜有如迷宮，巨型空調設備將新鮮空氣送進要塞中。即使俄軍·英美軍試圖包圍首都，我們也不會敗，赫爾曼·戈林曾發出如此豪語。因為我們活在難攻不落的要塞中。

可是在一九四五年春，當俄軍以季節最後暴風雪的態勢衝進柏林時，赫爾曼．戈林要塞卻始終無聲無息。俄軍持火焰噴射器朝地道內噴射，安置高性能炸藥試圖將整座要塞炸毀。但要塞依然存在。只是混凝土壁上出現裂縫而已。

「俄國人可沒辦法用炸彈毀掉赫爾曼．戈林要塞。」那個東德青年笑著說。「俄國人能破壞的就只有史達林銅像那種東西而已。」

他領著我在東柏林的大街小巷走了好幾個小時，介紹一個又一個一九四五年柏林戰役的遺跡。雖然我根本想不通他是基於何種理由認為我對柏林的戰爭遺跡感興趣，但因為他的熱情令我有些受寵若驚，也不好表明我的意願，便在他的導領下在街頭逛了一下午。我和他是那天午餐時間在電視塔附近的自助餐館偶然認識的。

但不管怎麼說，他這個導遊確實有一套，深得要領。跟著他尋訪東柏林的戰爭遺跡，不由得漸漸產生一種就算告訴我戰爭在幾個月前才剛結束也都會相信的感覺。因為街頭隨處可見密密麻麻的彈痕。

「看看這個。」說著，他為我指出一處那樣的彈痕。「俄軍和德軍的子彈很容易分辨。好像用力把牆壁剜去一塊的是德軍的子彈，砰一下鑽進去的是俄軍的。效果明顯不同，you know。」

我這幾天接觸的東柏林市民中，他說的英語是最容易聽懂的。

「英語很流利嘛。」我誇他。

「因為我當過一陣子船員。」他說。「去過古巴，也去過非洲。在黑海也待了很久。所以學會了英語。不過我現在是建築技師。」

從赫爾曼．戈林要塞山丘下來，又在入夜後的街上逛了一會兒，我們走進菩提樹下大街（Unter den Linden）上的一家老啤酒屋。由於是星期五的晚上，裡頭人非常多。

「這裡的雞肉很有名。」他說。於是我點了搭配米飯的雞肉料理和啤酒。雞肉料理確實不錯，啤酒也好喝。室內溫暖，嘈雜的人聲令人覺得舒服。

負責我們這桌的女服務生是個與金．卡恩斯（Kim Carnes）極其肖似的美女，淡金色頭髮、藍眼睛，身材健美，笑容可愛。她以像是誇讚巨大陰莖的姿態抱著酒杯送來我們這桌。她讓我想起一位在東京認識的女性。明明容貌並不相似，也不是哪裡相像，但兩人卻在不知不覺間有了聯絡。或許是赫爾曼．戈林要塞的殘像，讓她們在迷宮的黑暗中擦身而過。

我們喝了相當量的啤酒。手錶就快指向十點。我必須在午夜十二點之前回到腓特烈大街的城市快鐵車站才行。我的東德簽證十二點到期，即使超過一分鐘都會惹上大麻煩。

「市郊還有非常值得一看的戰爭遺跡。」他說。

由於我正心不在焉望著女服務生，沒聽清楚青年說什麼。

「Excuse me?」

他重複一遍。

「黨衛軍和俄軍的戰車正面遭遇，才是柏林戰役真正的重頭戲。地點是鐵路的調車場，那裡的遺跡仍然和當時一模一樣。例如毀損的戰車零組件之類的。我跟朋友借車，應該馬上就能去。」

我看著青年的臉。他有張細長臉，身穿灰色燈芯絨外套，雙手平放在桌上。他的手指修長，光滑，看起來不像是船員的手指。我搖搖頭。「我一定得在十二點以前回到腓特烈大街的車站才行。簽證到期了。」
「明天怎麼樣？」
「明天上午要去紐倫堡。」我扯了個謊。
青年顯得有點失望。筋疲力竭的神色在他的臉上一閃而定。
「如果明天可以的話，我還打算約我的女朋友和她的女生朋友一起去的。」他似乎還想解釋。
「太可惜了。」我說。覺得好像有隻微溫的手緊握著我體內的神經叢。我不知道到底該怎麼辦才好。這彈痕累累的奇妙城市中央，我完全不知所措。儘管如此，那微溫的手終於還是如退潮般緩緩自我體內離去。
「不過，赫爾曼．戈林要塞真的很了不起吧。」青年說著微微一笑。「經過了四十年，都還無人能夠破壞。」

站在菩提樹下大街和腓特烈大街的十字路口，可以清楚望見各方向的諸多景物。北邊的城市快鐵車站，南邊的查理檢查哨，西邊的布蘭登堡門，東邊的電視塔。

「別擔心。」青年對我說。「從這裡到城市快鐵車站，就算慢慢走也只要十五分鐘。沒問題吧？」

我的手錶指著十一點十分。「沒問題。」我說，像是說給自己聽似的。然後我們握手。

「很遺憾沒能帶你去看調車場。還有女孩子的事。」

「是啊。」我說。可是我不知道對他而言，究竟有什麼好遺憾的。

我一個人沿腓特烈大街向北走，邊試著想像一九四五年春天，赫爾曼・戈林究竟在想些什麼。可是在一九四五年春天，千年帝國的帝國元帥在想些什麼，這種事情終究無人能知。他所鍾愛的美麗亨克爾一一七轟炸機編隊，宛如戰爭自身的屍骸般，化為曝曬在烏克蘭荒野的數百白骨。

3——W先生的空中庭園

我第一次被帶去參觀W先生的空中庭園，是在十一月一個霧茫茫的早晨。

「不怎麼樣喔。」W先生說。

確實不怎麼樣。只是一座空中庭園孤零零地飄浮在霧海之中而已。空中庭園的大小約莫是長八公尺，寬五公尺。若是排除浮在中空這一點，就和一般的庭園沒什麼兩樣。甚或換個說法，如果以地上的標準來看，顯然只是個三流的庭園。草坪都是雜草，花的種類亂七八糟，蕃茄藤已然乾枯，周圍竟然連柵欄都沒有。白色的庭園椅看起來像是流當品。

「所以我說不怎麼樣嘛。」W先生說，像是在表示歉意。因為W先生一直留意著我的視線。可是我並沒有特別失望。因為我並不是期待能看到氣派的涼亭、噴水池、修剪成動物造型的樹叢，或者丘比特雕像而來這裡的。我只是想看看W先生的空中庭園而已。

「比任何豪華庭園都棒啊。」我說，W先生聞言似乎稍微鬆了口氣。

「如果能飄浮得高一些，就更有空中庭園的樣子了，可惜因為種種原因很難做到。」W先生說。「要不要喝茶？」

「好啊。」我說。

W先生從一個既像後背包又像是籃子，造形莫名其妙的帆布容器裡掏出科爾曼（Coleman）汽化爐、黃色的搪瓷茶壺和裝有水的塑膠儲水桶，開始燒水。

四周的空氣冷冽。我穿著厚羽毛夾克，用圍巾在脖子繞了好幾層，卻還是沒有用。我瑟瑟發抖，看著白霧在腳邊被緩緩擾動並朝南方流去。浮在白霧上，只覺得好像會連同地面地一起被飄送往不知名的遠方。

我邊啜著熱呼呼的茉莉花茶邊這麼說，W先生呵呵笑了。

「大家來到這裡都會這麼說。尤其是起濃霧的日子。真的。還有人說是不是會就這麼飄到北海上空。」

我清了清喉嚨，點出剛才就一直在意的另一種可能。「或是飄到東柏林。」

「是啊、是那樣沒錯。」W先生邊用手指捋著乾枯的蕃茄藤邊說。「我之所以不能將空中庭園打造得更有空中庭園的樣子，原因就在這裡。要是升得太高，東邊的衛兵就會非常緊張，整晚用探照燈照著，機槍的槍口也一直朝向這裡。當然不會真的開火，但氣氛總是不會好。」

「一定的。」我附和道。

「還有，就如你所說的，如果升得太高，風壓也會隨之增加，整座空中庭園飄到東柏林這種事情也不是不可能發生。到時候麻煩可就大了。很可能被以間諜罪論處，搞不好就沒辦法活著回到西柏林了。」

「嗯。」我說。

W先生的空中庭園建在一棟緊鄰分隔東西柏林的圍牆、老舊的四層建築物的樓頂。由於W先生只讓庭園在樓頂浮起十五公分高，若是不仔細看，那就只是一般的樓頂庭園而已。擁有氣派的空中庭園卻只浮空十五公分，這可不是普通人學得來的事。「因為W先生是個穩重低調的人。」大家都這麼說。我也覺得應該就是如此。

「為什麼不把空中庭園移到比較安全的地方呢？」我試著問。「例如科隆、法蘭克福，或者還是在西柏林，但是往較內側移動……這麼一來不就可以讓庭園升得更高而不必顧慮其他人了嗎？」

「不可能。」W先生搖搖頭。「科隆、法蘭克福……」W先生又搖搖頭。「我喜歡這裡。朋友們也都住在這十字山區（Kreuzberg）。這裡最好。」

他喝完茶後，又從帆布容器中取出飛利浦的小型手提唱盤，將唱片放上轉盤後摁下開關。隨即播放出韓德爾的《水上音樂》。嘹亮的小號像是帶著光芒響徹十字山地區陰霾的天空。對W先生的空中庭園而言，還有其他比這更合適的音樂嗎？

「下次請在夏天來。」W先生說。「夏天的空中庭園才真是讓人樂到沒話說。今年夏季每天都在這裡開派對。最多的時候上來了二十五個人和三隻狗哩。」

「竟然沒有人掉下去啊。」我驚嘆道。

「老實說有兩個人喝醉跌了下去。」說著W先生咯咯笑了。「不過沒死。因為三樓的遮簷非常牢靠。」

我也笑了。

「也曾經把直立式鋼琴吊上來。那時波里尼來這裡演奏舒曼的作品。真的非常開心。你也知道，波里尼是個出了名的空中庭園迷啊。此外羅林．馬捷爾也想來，可是不可能讓整個維也納愛樂都上來這裡吧。」

「說得也是。」我表示贊同。

「請夏天再來。」W先生說著和我握手。「夏天的柏林非常棒。

一到夏天，這一帶就會滿是土耳其料理的氣味，孩子們的喧鬧聲，還有音樂和啤酒。這就是柏林。」

「我一定會找機會再來。」我說。

「科隆！法蘭克福！」說著，W先生又搖搖頭。

就這樣，W先生的空中庭園如今仍飄浮在十字山地區離地十五公分的空中，等待柏林的六月到來。

後記

以年代而言，收錄在這本短篇集的作品中，最早的一篇是〈燒倉房〉（昭和五十七年十一月），最新的一篇則是〈三則德意志幻想〉（昭和五十九年三月）。

我常被問及較善於寫作長篇抑或短篇，這個問題我本人也不清楚。長篇完成之後會覺得隱約殘留著未竟的遺憾，便會據此寫成短篇，整理出幾個短篇寫著寫著又漸漸覺得苦悶，就又動筆寫長篇，這已成了模式。我就是這樣寫長篇後寫短篇，然後又寫長篇再接短篇。雖然這種反復總會有結束的一天，但如今仍像是在仰賴著一根細絲的狀況下一點一點持續寫作小說。

雖然理由說不清楚，但我非常喜歡寫小說。

昭和五十九年四月二十五日・夕暮

村上春樹

AI00998

螢火蟲／螢・納屋を焼く・その他の短編

作者／村上春樹
譯者／張致斌
編輯／黃煜智
校對／魏秋綢
書籍設計／陳恩安
行銷企劃／陳玉笈

副總編輯／羅珊珊
總編輯／胡金倫
董事長／趙政岷

出版者／時報文化出版企業股份有限公司
108019 台北市和平西路三段二四〇號四樓
發行專線／（〇二）二三〇六六八四二
讀者服務專線／〇八〇〇二三一七〇五
（〇二）二三〇四七一〇三
讀者服務傳真／（〇二）二三〇四六八五八
郵撥／一九三四四七二四時報文化出版公司
信箱／10899 臺北華江橋郵局第九九信箱

時報悅讀網／www.readingtimes.com.tw
電子郵件信箱／ctliving@readingtimes.com.tw
思潮線臉書／www.facebook.com/trendage
法律顧問／理律法律事務所　陳長文律師、李念祖律師
印刷／勁達印刷有限公司

初版一刷／一九九九年八月二十三日
二版一刷／二〇一八年六月十五日
三版一刷／二〇二二年十月十四日
三版二刷／二〇二四年九月十一日
定價／新台幣三五〇元

螢火蟲 / 村上春樹著 ; 張致斌譯 . -- 三版 . -- 臺北市 : 時報文化出版企業股份有限公司 , 2022.10
面 ;　公分
譯自 : 螢 . 納屋を焼く . その他の短編
ISBN 978-626-335-870-6(平裝)
861.57　　111013446

HOTARU, NAYA O YAKU, SONOTA NO TANPEN
by Haruki Murakami

時報文化出版公司成立於一九七五年，並於一九九九年股票上櫃公開發行，於二〇〇八年脫離中時集團非屬旺中，以「尊重智慧與創意的文化事業」為信念。